ダッシュエックス文庫

JN178275

俺とアイツは友達じゃない。

斎藤ニコ

Contents

1　俺とアイツの関係性

二世帯住宅の上階は、元々、祖父の居住スペースだったが、今では俺と妹の秘密基地となっていた――はずなのに、俺の部屋で家族でもない美少女が楽しそうにゲームをしていた。

「あ！　こっちに敵きたよっ」

ヘッドセットの外側から聞こえる声は、可憐《かれん》な少女のものだ。隣にいるので直《じか》に聞こえる。

部屋の中には、机と椅子とパソコンとディスプレイが二つずつあった。片方の椅子には俺が座っている。もう一方の椅子には、女子高生が座っていた。

密室の中、俺の肌は彼女の体温を感じていた。それは、ただの妄想かもしれないけれど。

「いま、そっち行くよ」

俺――黒木《くろき》陽《よう》は、異性が得意ではないはずなのに、当たり前のように返答していた。悩むこともなく、流れるように言葉を返していた。

「はやくっ、はやくしてっ」と美少女が慌《あわ》てる。

「わかったって」と俺は落ち着かせる。

高校の友達が少なく、ゲーム内でも多くはない。俺は生粋《きっすい》の人見知りゲーマーだというのに、どうしたことだろうか。自室で同級生の女子とシューティングゲームをしているのだ。

隣でマウスを動かす手が、俺のほうへ動くたびに、触れてもいないのにくすぐったく感じる。

「こっちきたっ、こっちこっちっ」

「わかったから、落ち着けって」

俺たちがプレイしているのは『孤島内で敵を倒し生き残る』ことが目的のシューティングゲームだ。仲間とプレイする場合には、ボイスチャットを使用することが多いだろう。

だが、今は自室で隣り合ってゲームをしているので、その必要はなかった。声は熱気を伴《ともな》ってすぐ隣から聞こえてくる。タイムラグは一切存在しない。

「わーっ、やられちゃったっ」

ゲーム音をかき消すような、感情的な声。それだけ熱中しているということだ。

「ちょっと待て。こいつ倒したら、すぐに助けてやるから」

「かっこいいっ、がんばって！」

カッコイイ、ガンバッテ――どきりとして、一瞬、操作する手元が怪《あや》しくなった。仲間の背中を撃つようなことを言わないでくれ。俺の魅惑《チャーム》耐性はゴミレベルだ。

「……よし、倒した。助けに行く」

「わーい、ありがとー、だいすきー」

「……っ⁉」

落ち着け。ただの社交辞令だ。深い意味なんてない、ただのテンプレ発言だ。

隣から致死攻撃をしてきたのは、高校のクラスメイトでもある一人の女子生徒。

名を『藤堂真白《とうどうましろ》』という。

髪の色は生まれながらの灰金《アッシュブロンド》。冗談みたいな九頭身。肌は白く、唇は桃色。髪色は異国風だが、顔は整った自国風。瞳の色は、澄み切った青色。普段は黒のカラコンを入れており、一部の人間にしか本当の色を見せない。

彼女はモデル兼俳優兼SNS総フォロワー数三十万人超えのインフルエンサーでもあった。

藤堂自身は「自発的に活動していないから、そんなに目立ってないよ」とのことだったが、ゲームだけをしてきた俺からすれば、化け物みたいな存在だ。

そんな別世界に住む女子高校生が、何のとりえもない同級生の俺とゲームをしている。いくら藤堂真白が陽キャグループに属しているとはいえ、あまりにも、おかしい組み合わせだろう。

中学時代にはプロゲーマー志望だった夢見がちな俺だったが、すぐに厳しい現実を知り、次第に自分の力を理解し、最終的にはゲームが趣味の高校生になった。

強さを求めていたはずなのに、今では、楽しいだけで満足している——それって、どういう変化なんだろうか。俺が自《みずか》ら変わったのか。それとも、藤堂真白に変えられたのか……？

ふっと気がつけば、ディスプレイにリザルト画面が表示されていた。

『you are the Champion』

勝利の一文。ぼうっとしていたが、やるべきことはやっていたようだ。

隣で、藤堂がヘッドセットを取った。

「やっぱり、黒木くんとやると勝てるね。すごいなぁ」

灰金髪《アッシュブロンド》がふわりとなびき、甘い香りが鼻に届く。反射的に、呼吸をしてしまった。なんだかいけないことをしたようで、俺は何でもない風を装《よそお》うことしかできない。

「俺よりうまいやつなんて、沢山いるけどな」

これは事実だ。でも、藤堂は真正面から否定してきた。

「そうかな？　わたしは黒木くんが一番頼りになるよ。隣でやってると安心感が段違いだし。それって強いってことじゃないの？　少なくともわたしにとっては、最強の仲間だけど」

ニコリと笑うその笑顔が、どうしようもなく可愛く見えてしまい、俺は視線をそらした。

「一番って……誰と比べてんだよ。他のやつと、やってるわけじゃあるまいし」

藤堂真白は訳あって、俺の家でだけゲームをしている。が、返答は予想外なものだった。

「あ、この前、事務所の子とやったんだよね。前からゲーム好きだって事務所内で言ってたら、いきなり誘われてさ。数試合だけ。ほら、最近、事務所にも配信チームができて、機材がたくさんあるって言ったじゃん？　それ使って、三人で」

「……へえ」

心の奥底がチクリとしたが、気づかないふりをした。

藤堂は何かに気がついたように、いたずらっぽく笑った。

「ちなみに一個年上の男の子と、同い年の男の子ね？」

「……ああ、そうなの。男二人に女一人ね。なるほど」

事務所。モデル。芸能界。男二に女一の集まり――まるで別世界の話だ。

でも、目の前の藤堂は、現実世界の小さな部屋の中で、俺だけに笑いかけた。

「ふふ」

「なんだよ……」

「なんだよ、ってさぁ。今、黒木くん、嫉妬《しっと》したでしょ？」

「してません」

本当に？

「真白ちゃんが、他の男に取られる～って、心配になっちゃった？　大丈夫、大丈夫、わたしは誰にも奪われないよ。かわいいやつめ～、このこのぉ」

隣から、肘《ひじ》打ち攻撃が数回飛んできた。痛くはないが、すごく、熱い。

「するか。アホなこと言うんじゃないよ」

「ほんとかなぁ？　にやにや」

「いい加減にしろ」

呆れたように言葉を返すと、藤堂は急に真面目《まじめ》な顔になる。

「ねえ、黒木くん……？」

いけね……怒らせちまったか……？　距離感を一瞬、見失ってしまった。

藤堂は探偵が思考するみたいに、顎《あご》に手を添えて口を開いた。

「今、気づいたんだけど……『にやにや』と『にゃーにゃー』って似てない……？」

どういうことなんだよ。

「俺はいまだに、お前の会話の流れについていけないことがある……」

間違ったことを言ったつもりはなかったが、藤堂は今度こそムッとした表情を見せた。

「『お前』って言わないで。『真白ちゃん』もしくは『まぁちゃん』って呼んで」

「藤堂さんのお考えが、私にはわかりません」

「藤堂さん？」

「……藤堂真白さん」

「んー？」

藤堂のジト目に負けた。

「真白……さん」

一気に顔が熱くなる。恥ずかしすぎて仕方がない。

「ふふ、まあ良しとしよう」

藤堂は満足したように『うんうん』と頷《うなず》くと、パッと表情を変えてスマホをいじり始めた。

感情の変化がパラパラ漫画みたいなやつである。

「猫で思い出した。そういえば、この前、ハロウィン企画の撮影で、猫耳カチューシャ付けたんだよね。メイド服猫耳ってやつ、見る？　ほんとはまだ見せちゃダメなんだけど」

「見せちゃ駄目なら見せるなよ……」

本当はめっちゃ見たいです。そんな下心がバレないうちに、俺は撤退を決めた。

「俺は飲み物持ってくるけど、藤堂はどうする？」

「あ、いいの？　欲しいかも」

「この前、『おいしい』って言ってた、微炭酸のやつでいいか？」

藤堂は不思議そうな表情を浮かべた。

「あれ、まだあるの？　季節限定だったのに」

「もう少しだけなら、ある」

だって、藤堂が『おいしい』と喜んでいたから、あのあと、売り切れる前に店にあったのを買い占めておいたのだ。でも、そんなことを伝えたら調子にのるので、絶対に内緒にしておく。

「なら、それがいいな。ありがとね、黒木くん」

ふと、大人っぽい笑顔が向けられる。先ほどまで、ふざけたことを言っていた人間と同一人物とは思えない。

どうしてだろうか。ゲームをしているときは普通に話せるのに。

気持ちが全部バレている気がして、やけに恥ずかしくなった。動揺していないフリをしてみたが、逆にドキドキしてしまう。いや、それはきっと藤堂の透き通るような笑みのせいだ。俺の未熟さのせいじゃない。

「……じゃ、ちょっと待っててくれ」

「はーい、はやく戻ってきてねー？」

大人びた少女は消え、両手をふって俺を送り出す、ただの女子高生が現れた。

目まぐるしすぎて、息切れしそうだ。白旗をあげる代わりに、逃げるように立ち上がる。

ドアノブに手をかけた、そのときだった。予期せぬ声が、引き留めてきた。

「ねえ、黒木くん」

「え、どうした」

まさか会話が始まるとは思っておらず、ドアノブを握ったまま、素《す》の表情で振り返る。

藤堂は椅子を回転させて、こちらに顔を向けていた。その表情は、真面目そのもの。

「正直なところ、さ。わたしが、ゲームしに、部屋にくるの……迷惑だったりする？」

「は？　なんでいきなり、そんなこと聞くんだ？」

語気が強くなったのは、決して、怒ったからではない。ガラス細工を取り落としそうになったような、恐怖に襲われただけだ。

「明確な理由はないけど。でも、わざわざ変装までして、遊びにこられたら、普通に考えて迷惑かなって。もしかしたら、週刊誌とかに写真撮られて、拡散するかもしれないし。そうしたら黒木くんに、すっごいストレス与えちゃうかもだし」

「迷惑だなんて思ったことはない。絶対に」

絶対に、という部分に力を込めた。それだけは事実だった。

不安は一掃されなかったようだ。藤堂は唇を少しだけとがらせる。

「わたしとゲームしてるの、疲れない？　弱いし、黒木くんはリカバリー役ばっかりじゃん」

「弱くても……楽しけりゃいいだろ。ゲームってのは、そうあるべきだ」

自分で言っておいて、時間差で驚いた。弱くてもいい、だって？　楽しけりゃいい、だって？　勝つためにゲームをしていた俺が、そんなことを言うのか。

「そ、そっか！　弱くても楽しければいいよね！」

「そうだな、その通りだ」

俺は自分に言い聞かせるように頷く。

「じゃあ、つまり、黒木くんは、わたしとゲームするの、楽しいって思ってくれてるってことだよね」

ぐっと言葉に詰まったが、ここで否定しては、話がおかしくなる。俺は勇気を振り絞った。

「ああ。藤堂とゲームをするのは、楽しいぞ」

その瞬間、藤堂はこれでもかというくらいに子供っぽい表情をした。目を見開いて、口は半開き。クリスマスにサンタクロースから直接、プレゼントをもらった子供みたい。

「わたしも、楽しいよっ。黒木くんがいてくれて、本当によかった！」

椅子から射出されそうなくらい、藤堂が身を乗り出すものだから、俺は逆に気圧《けお》されて、のけぞった。

「そ、それならよかった」

俺の感情はぐちゃぐちゃだった。嬉しいことを言われたが、表情は素直に笑顔を作り出してくれなかった。俺は本当に素直じゃない。

「うんっ、よかった！　ゲーム、はやく、しよっ！」

藤堂はにっこりと笑った。作られていない、素の笑顔。ついでに胸の前でゆるいファイティングポーズをとった。それはボクサーのかまえを真似したのかもしれないが、どちらかというと胸を寄せているだけに見えた――というか、本当に寄せられていた。薄手のシャツの胸元が、あからさまに弛《たる》み、その中身がさらされている。本人はまるで気がついていない。

突然なされた無自覚の誘惑に、俺は言葉を失った。

「……じゃ、いい加減、飲みもん持ってくるからな。ゲームはそれからだ」

「うんっ、次は役に立つからっ」

さらにギュッと胸が寄せられる。

「……、……」

「どうしたの？」

小首をかしげる姿でさえ、勘違いをしそうになる。藤堂はときおりワガママになったり、突然、子供っぽくなったり、変なところでガードが緩《ゆる》くなったりする。

「……いや、なんでもない。すぐ戻るから」

「はーい、いってらっしゃい」

ばいばいと手を振る藤堂に背を向けて、部屋の外に出ると、後ろ手にドアを閉めた。室内に聞こえないように、静かに、静かに、ゆっくりと、ゆっくりと、深呼吸をする。

「……アイツは、なんなんだ」

藤堂真白。俺の人生に出てくるようなキャラクターじゃないだろ。レベルが違いすぎる。転生したって、俺はすぐに死ぬが、あいつは世界を救う側だろうが。

なのに、なんで、こうも俺の心の中に入り込んでこようとするんだ。放っておいたって、ちやほやされる人間が、騒いだって相手にされないような俺に、なんで笑顔を向けてくるんだ。

それも、俺を信頼しきっているような――まるで飼い犬が尻尾を振って近づいてくるみたいな警戒心のなさで、笑いかけてくる。

もしも、これこそが『青春』なのだというのならば、それは大変、心臓に悪いイベントを指すのだろう。少なくとも俺の心臓はいつ止まってもおかしくない。

「どうしてこうなった……?」

ネタでもなんでもない。本当に、どうしてこうなった?

俺は目を瞑《つむ》り、これまでのイベントを思い出す。

走馬灯のようによみがえる記憶の数々。最初のイベント、出会いの一幕が眼裏《まなうら》に映る。

あの頃――俺とアイツは友達じゃなかった。

2　エンカウント

金曜日の学校には、休日前の高揚感と平日の絶望感とが混在していて、何かが起こりそうな雰囲気がある。それは、七穂《ななほし》市にある私立七穂高校でも例外ではなかった。

とはいえ、俺、黒木陽《くろきよう》には関係のないことだ。だって、友達がいないから。特別なイベントが発生するわけもない。自分で選んだ現実なので、悲しくはないが、多少、情けなくはある。

それに、インターネット上には多少の知り合いがいる。顔は知らないけど……。

まあ、いいさ。一人のほうが気楽だ。挨拶《あいさつ》を交わすくらいのクラスメイトがいればいい。

そもそも、俺自身が交流を求めていないわけだから、自業自得《じごうじとく》だ。今だって、昼飯を食ったあとはイヤホンで耳をふさいで、スマホゲームをしている。

窓側最後尾の席は、一部の懸念《けねん》すべき点を除けば、最高の位置にあった。

スマートフォンアプリ、エアポケットウォーカー。

孤島内に落下したキャラを操り、敵を全員倒したら勝ち。基本的には三人一組のチーム制。シンプルがゆえにハマりやすく、勝ったときの達成感が病《や》みつきになる。

『初心者お断り』といったタイトルも多い中、このゲームは、経験の少ないプレイヤーでも楽しめるように作られた。ゆえに、コアなゲーマーにも、配信者・ストリーマーにも、そして本来は視聴者側だったライトゲーマーにも――つまり全方位に人気が出たというわけだ。

スマートフォン版は、パソコン版とは操作性も戦略性も違う。だが、一人で過ごす昼休みを有意義に消化できるので、大変ありがたいアプリなのだった。

「……よし、これは勝てそうだな」

仲間は全員生き残っており、物資も十分、安全地帯も確保済みだ。

これを勝てば、今シーズンのスマホ版エアポケットウォーカー・ランクは、最上位の『ウルティメイト』となる。階級があがったところでたいした意味はないのだが、ちっぽけな自尊心は大きく満たされるのだった。

あとは焦《あせ》らずに、敵を倒せばよいだけ。若干《じゃっかん》、汗ばんだ手でスマホを軽く握りなおした――その時だった。

「きゃっ⁉　ちょっと――」

「……っ⁉」

ドン、と背中に大きな衝撃。思いがけぬ事態に、両手をついて、机に倒れかかってしまった。

椅子と机がぶつかり、ガチャンと何かが落下した音。俺は、手をついたまま、ゆっくりと振り返った。瞬間、呼吸が止まる。

「――あっ、ごめんっ」と、慌《あわ》てた様子の同級生の女子が、俺を見下ろすように、目の前に立っていた。

「……、……」

思わず息をのんだ。目の前の女子高生を、一言で表すならば『ギャルJK』なのであるが、実際はそれだけに留《とど》まらない。

彼女の名は、藤堂真白《とうどうましろ》。教室内どころか、学校一どころか、日本全国で有名な『自称・一般人』だ。

五月現在、十七歳の高校二年生。身長は一六〇センチ以上。肌は白く、四肢は細く、モデル体型の九頭身。長い髪は、日本人離れした灰金髪《アッシュブロンド》。驚くことに地毛らしい。

中学時代、とある大企業が主催した、全国規模の美少女コンテストで、見事に優勝。その特典で、清涼飲料水のCMに出演。『天使級美少女、降臨』なんていうダサすぎる肩書きを与えられての地上波デビューだった。

しかし、一度のCM出演と多少のメディア露出を最後に、その後は目立った活動をしていない。それでもSNSの総フォロワー数は約三十万。一般人を自称するには数字に謙虚さが足りないだろう。

さて、疑問に思っただろう。俺は、なぜ、こんなに藤堂真白に詳しいのか。

とうぜん、調べたからだ。俺だって、教室に有名人がいたら興奮ぐらいするし、風呂上がりのベッドの上で何気なく調べ始めた結果、夜更《よふ》かししてしまうくらいの感受性は持っているのだ。

恐る恐るといったように、藤堂真白は謝罪を重ねた。

「ほんとに、ごめんね……？　ちょっと、勢いついちゃって……」

「ああ、うん……」

美少女の顔って、凶器に近い存在だ。ビビッてしまって、俺はまともに言葉を返せない。

長い時間が過ぎた気がしたが、実際は数秒程度だったのだろう。俺は固まったままだったし、画面の向こう側にいるはずの藤堂真白は、困り顔で、俺の返答を待っている。

「えっと。大丈夫……かな？　ほんと、ごめんね」

大丈夫ではないが、俺は冷静を装《よそお》った。

「そんなに謝らなくても、大丈夫だから。気にしないでくれ」

俺は藤堂の背後に、さりげなく視線を向けた。ロッカーの前に、女子数人がたむろしている。色とりどり、個性バラバラのギャルグループだ。

先ほど説明した通り俺の席は、窓際《まどぎわ》の列の最後尾。最高の場所に位置するが、一つだけ懸念点があった。それが、このギャルたちである。藤堂真白を中心としたグループだ。他のクラスの人間もいる。

ギャル集団といっても、彼女たちに下品な感じは一切、ない。むしろ理知的であり、実際に、成績のいいやつらばかり。世にも珍しい（？）インテリギャルグループなのである。

そのうちの一人が、手を前に突き出したまま『あちゃー』という顔をしている。女子同士でじゃれていたら、藤堂が思わぬ勢いで吹っ飛んでしまい、その先に俺が座っていたというところだろう。

突然だが、俺は目つきが悪い。ゲームに集中しているときなんて、『対戦相手を物理で殴ってコロしそう』などと、妹に揶揄《やゆ》されている。

だから、だろうか。

藤堂もインテリギャルたちも、俺を見て、不安げな顔をしていた。そんなに面倒くさそうな人間に見えるのだろうか。正直、心外である。自慢じゃないが、俺は小心者だった。

藤堂は恐る恐るといったように、地面を指した。

「あ。でも、それ……」

「ほんと、気にしないでいいから」

俺は赤ちゃんの頃から目つきが悪いのさ！　とか、一言付け加えてみようか。いや、空気が凍ったら、俺の心まで凍るのでやめておこう。それにしても、藤堂の気の遣《つか》いようといったら、おかしいほどだった。ぶつかったくらいで、そこまで気にしなくてもいいのに。

それでも藤堂は俺に向かって、しきりに自分の指の先にあるものを見るよう促《うなが》してきた。

「ねえ、下、見てくれる？　それ、たぶんだけど……」

「下……？」

さっきから何を指さしているんだ？

「あ」

そこで、ようやく気がついた。

俺のスマートフォンが、床に落ちていた。いや、それだけならいい。どう見ても、画面が割れているように見える。ぶつかったときに、取り落としたのだろう。

しかし、俺は慌てない。

「きっと保護フィルムが割れてるだけだから……」

その通り。ガラスフィルムが割れているだけだ。落ち着いて、確認すれば、問題はない。

俺は席を立ち、中腰でスマホを拾おうとした。

「ごめんね……！　やっぱり、割れてるよね……!?」

同じタイミングで、藤堂も俺のスマホを拾ってくれようとしたらしい。俺たちは同時に屈《かが》んだ。気配を感じた俺の視界に、美少女の体がドアップで映った。

キラキラ光る髪。でかい目。整った輪郭《りんかく》。ピンク色の唇に、緩《ゆる》んだシャツの胸元。それと、中が見えそうなほどに短いスカート。いや、訂正。ピンク色の何かが見えた気がした。

「ぐっ……」

喉《のど》から変な音が出ると同時に、スマホを取ろうとしていた俺の体勢は、見事にくずれた。なんとか、バランスを取ろうとした結果、膝《ひざ》を床に打ち付ける。痛い――ことはなかったが、どうしてだろうか。バキッメキッと音がした。

「あ。画面……」と、藤堂の呟《つぶや》くような声。

俺は恐る恐る、膝を上げた。無残なまでに画面全体にひびが入った、スマートフォンが現れた。どう見ても、ガラスフィルムの向こう側がバッキバキである。

「ああっ……」

巣から落ちたひな鳥を救うように、俺は自分のスマホを拾い上げた。

ゲームは起動したままだ。ひび割れの向こう側で、自キャラが無残に倒れていた。順位は四位だった。野良《のら》で組んでいたパーティメンバーに申し訳が立たない。

「も、もっと割れちゃったね。ほんと、ごめんね……？」

藤堂が気まずそうに口元に手を当てる。

隠してほしいのは上ではなく、下のほうなのだが、そんなことは口が裂けても言えない。

「いや、どう考えても俺のせいだから……」

藤堂がきっかけだとしても、完全に自損事故である。

気まずくなり視線を下に向けようとしたが、ふたたびピンク色が目に入り、慌てて顔を上げた。そこには藤堂の顔があった。心臓が止まるくらいに、綺麗な顔をしていた。

「あの、なんて言ったらいいのか……ほんとうに」

「いや、もう、いいって。俺のせいなんだから」

「でも、わたしがぶつかっちゃったから」

「それはもう、気にしないでくれ」

藤堂はゲーム画面を見た。

「でも『四位』になっちゃったんだよね……？」

「順位の話⁉」

ゲーマー心がくすぐられるような返しに、思わず語調が強くなってしまった。スマホが壊れたショックと、藤堂がそばにいるせいで、俺のテンションはおかしくなっている。

背後の知能指数が高そうなギャルたちは『びっくりしたぁ』とか『でも、さすがにあれは怒るでしょ』とか『建設的に話をすべき』とか、好き勝手言っている。

俺は悟った。今、めっちゃ注目されている。早く解放されたかった。知ってるか？　『ついてもよい嘘』ってのは、こういうときに使うのだ。

「えっと、藤堂さん？　俺、目が悪くて、どうしても目つき悪くなっちゃうんだけど、オコッテナイヨ。あと、スマホも機種変する予定ダッタカラ。今日、シテクル、キシュヘン」

棒読みにもほどがある。

「え？　そうだったの……？」

「ウンウン……！」

下手《へた》な演技でも、膠着《こうちゃく》した事態を進める力はあったようだ。

「そっか、機種変予定だったんだ……じゃあ、スマホのほうは大丈夫かな……？」

「大丈夫、大丈夫……」

これで終わる。よかった。元通りにならないのはスマホだけ。それ以外は元通りだ。

周囲の生徒や背後のギャルたちも、それを感じ取ったのだろう。緊張感が消えていく。優秀なクラスメイトたちに感謝である。

だが、しかし。藤堂真白の着眼点は、一味違ったようだ。

壊れたスマホでも、時間経過とともに、リザルト画面が推移《すいい》していく。ボタンをタップせずとも、ランクポイント付与の場面となる。

『今シーズン最高ランクへ昇格しました』

教室内で、ひび割れた画面の向こう側を気にしているのは、藤堂真白、ただ一人だったのだ。

キョトンと首をかしげている様は、まるでグラビアのワンシーンみたいだった。

「四位だったのにランクあがるの……？」

小さな声だったから、俺も思わず小さい声で返してしまった。

「敵を倒した数が多かったからかな……」

「黒木くんってゲームうまいんだね」

「まあ、人並みには……」

そんなことを話している場合じゃないだろうがっ――なんてツッコむチャンスはないままに、
昼休み終了のチャイムが鳴った。

3　スニーキング・ミッション

我が家は完全分離している二世帯型住宅であり、一階部分は両親の仕事場と俺たち家族の生活圏となっていた。祖父が暮らしていた二階部分は、贅沢《ぜいたく》なことに、俺と、妹の『茜《あかね》』のためのフロアである。

内部から行き来はできず、一階と二階をつなぐのは、無骨な外階段のみである。それがどこか秘密基地めいた雰囲気をかもしだしており、俺は大層気に入っていた。

兄妹《きょうだい》そろって、勉強のためとは言い難《がた》い自室である。勉学よりも、ゲームに特化している。茜の部屋に至っては、誰が見ても、配信部屋と表現するだろう。

我が家は両親含めてゲーマーの集まりであり、それゆえに許された空間。確実に学生たちのたまり場になるような場所だが、不思議なことにそんなことはない。泣いてないぞ。

現在、俺は妹の部屋で配信の手伝い中。

茜はバーチャル・ストリーマーである。名前は『ユウヒちゃん』。

顔出しはせずに、３Dキャラクターを画面に映し、地声を使って、配信を行っている。アマチュア（個人勢）にしては、結構な人気者だ。有名配信プラットフォーム『アマッチ』での登録者数は先日、三万人を超えた。

ちなみに『配信』というのは一定の人気が出るとお金が入ってくる。そして妹は人気者で、俺は妹の手伝いをしている。それ以上は言わないでくれ。俺は、妹にお小遣《こづか》いをもらっているのではなく、正当な報酬を受け取っているだけなのだ。確定申告だってしている。

配信準備を終えた茜が、俺の手元を見た。新品のスマホが握られている手だ。

「そろそろ始めよっかぁ——って、あれ？　にいに。スマホ変えたの？」

「ん、まあな」

日中の光景が頭をよぎる。ピンク色の何かを思い出しそうになり、小さく首を振った。

「なんで？　前のやつ、気に入ってたんじゃないの？」

茜は小首をかしげる。すると配信準備が整っていたパソコン画面の中で、茜のアバターである黒猫耳少女も一緒に顔を傾けた。カメラで茜の動きをとらえ、それを反映しているのだ。

「いや、まあ、なんとなく」

俺は返答に困る。悪いことをしたわけではないのに、藤堂真白《とうどうましろ》とのやりとりを妹に話すのは憚《はばか》られた。茜は良くも悪くも真っすぐな性格をしているので、「弁償してもらわないとだめじゃん」とか言い始めそうだし。

配信時間を計るためのストップウォッチアプリを見つけたところで顔を上げた。

「……思いつきで冒険するのも、たまにはいいかと思ってさ」

嘘である。

茜と、画面の中のアバターが首を振る。

「嘘が下手《へた》すぎて、返す言葉が思いつかないや」

「……まあ、いいだろ。そういう気分だったんだよ――配信、始めないのか？　始めないなら、俺は部屋に戻るぞ」

少々、横柄《おうへい》な態度かもしれないが、仕方ない。兄としての威厳を保たねばならない。

茜は困った顔……というより、なんだか情けない表情を俺に向けた。

「にいに」

「なんだ」

「戻ってもいいけど、機種変したなら、にいにって金欠じゃん？　働かなくていいの？　配信しないなら、当然、バイト代あげないよ？」

俺は両手を天に突き出した。

「さあ！　素晴らしき労働の始まりだ！」

今日も楽しく配信をしました。

ちなみに配信時の俺は、茜の相方として黒猫の３Ｄモデルを使っている。会話は一切せず、反応は手元のショートカットボタンで『にゃあ！』とか『にゃあ……』とか『にゃん』といったテンプレ鳴き声を返すだけのマスコットキャラだ。

クロちゃんと名付けられた哀《あわ》れな兄であるが、視聴者からは、意外と人気があるのだった。

兄の威厳はどこへ……。

冒険するのも、たまにはいいと思ってさ——俺は数日前、妹に向かって、そう豪語した。だからといって、強制的に環境が変えられてしまうことを、良しとしたつもりもない。

異変は、いつからだ？　金曜日にスマホが壊れてからだ。

本日は、一週間が経過して、二週目の金曜日。つまり、都合五日もの間、俺はアイツの言葉に怯《おび》えているということになる。

アイツとは、もちろん、藤堂真白である。

＊

スマホ事件の記憶が多少なりとも薄らいできた、週明け。始まりは、ただの挨拶《あいさつ》だった。

「おはよう、黒木《くろき》くん。今日もいい天気で、気持ちがいいね？」

「お、おう」

美少女から朝の挨拶をされる確率って、どれくらいだろうか。わからない。

藤堂真白から真っすぐな視線を向けられた俺は、当然のように目をそらした。これまで、まともに挨拶を交わしたことなどなかったのに。

俺は、その場をごまかすようにスマホを取り出した。

藤堂はそれを見た途端、安心したように微笑んだ。

「あ、機種変したんだね？　よかった」

「う、うん」

小学生みたいな返答しかできなかった。それでも、俺は愛想笑いを浮かべながら、『まあ、これは、藤堂真白による、謝罪と現状確認を兼ねた、世間話だろう』と勝手に納得した。だから、明日には、挨拶もしない元通りの他人状態に戻るのだよな、と。

なのに、どうしたことだろうか。

火曜日も、水曜日も、木曜日も、藤堂真白は俺に挨拶をした。

「おはよ、黒木くん、今日も暑いね」とか「黒木くんっていっつもお昼はパンなんだね。コッペパン好きなの？」とか「黒木くん、スマホ、本当にごめんね。これから後ろで話をするときは気をつけるね」とか。

その都度、「お、おう」とか「お、おう」とか「お、おう」などと答えるだけだった。オットセイか、俺は――自分へのツッコミが悲しくなるくらいに「お、おう」しか返せなかった。

俺の身長は一七六センチ。一〇センチ程度の差があるので、藤堂真白は一六五センチ程度だろうか。なのに、藤堂に圧を感じてしまい、言葉がうまく返せないのは、有名人オーラみたいなものが、彼女にまとわりついているからに違いない。

藤堂は、なにを考えているのだろう。話しかけ続ける意味は？　俺は混乱していた。それでも金曜日まで耐えたのだから、ほめてくれ。

来週になれば、元通りの関係になると信じていた。だが、予想は、簡単に裏切られた。

金曜日。「おはよう、黒木くん。今日のお昼もコッペパン？」から始まり、「ばいばい、黒木くん。今日もコッペパンだったね。じゃあ、また来週」で終わったのだ。

俺は戦慄した。今週、最後の登校日なのに「また来週」だって？

藤堂真白に話しかけられることはイヤではない。むしろ幸福な時間だとも言えよう。でも、心臓に悪い。このままだと、いつか鼓動が止まる。本気でそう思った。

なんとか、しなければならない。この数日間、注目を浴び過ぎていた。俺は知っている。美少女と意味もなく仲良くなると、校内ファンクラブの会員から目を付けられるのだ……。

俺は、藤堂が立ち去った教室の中、一人で決意した。アイツと、話さなければならない……！

「心臓が止まる前に、現状を変えなければ……いまから、追いかければ間に合うか……？」

藤堂は、一人で教室を出ていった。チャンスだ。しかしアイツの連絡先など知るわけもない。追いかけるしかないが、藤堂は一人のままだろうか。

そういえば、インテリギャルの一人から「マシロ、カラオケいかない？」と誘われていたが、「ごめん、用事あるんだ」と断っているのが聞こえた。ならば、いまも一人で行動中だろう。

「やるしかない……！　変な噂が立つ前に、やるしか……ない！」

究極的にダサい動機による『ちょうどいい距離感大作戦』が、いざ始まった。

4　ボーイ・ミーツ・ガール

藤堂真白《とうどうましろ》。五月七日生まれ、十七歳。

母は、元俳優。知る人ぞ知る舞台女優だったらしい。

父は、医師らしいが、一般人ゆえに情報はない。以上、ワクペディアより抜粋《ばっすい》。

つまり、藤堂は医者の娘であり、女優の娘でもある。サラブレッド感があった。生まれからして、違う。そして、そんな人間をストーキングしているのが俺、黒木陽《くろきよう》である。捕まっても、仕方がない気がした。

しかし、理由を聞いてほしい。これは意図せぬ尾行なのだった。

さかのぼること数分前。決意した俺は、教室を飛び出してから、すぐに藤堂真白の背中を見つけた。だが、それがよくなかった。意気揚々《ようよう》と出たわりに、心が追いついておらず、咄嗟《とっさ》に隠れてしまったのである。で、声をかけられぬまま、現在。やっぱり捕まるかもしれない。

「それにしても、なにしてるんだ……？」

藤堂真白の行動パターンは奇妙だった。二階に行ったり、一階に戻ったり。東に向かったり、西に戻ったり。まったくもって、効率的ではないし、目的も不明である。

七穂《ななほ》高校は多種多様な生徒の個性を伸ばす学び舎《や》、とパンフレットには書いてある。たしかに部活動の種類は多く、特進クラスや美術クラスもある。なにより敷地も校舎も広く、入学当初は迷うこともあった。だが、二年生にもなって、迷うとは思えない。

「というより、何かを探しているみたいな……？」

自分で言っておいて、やけに納得してしまった。そうだ。かくれんぼだ。隠れる場所を探しているように見える。きょろきょろと色んなところをめぐり、すれ違う生徒から『あ、あの人、芸能人の先輩だよっ、めっちゃカワイイ！』なんて言われるたび、足早に逃げている。

なるほど。理解した。藤堂真白は今、隠れる場所を探しているのだ。なるほど、かくれんぼか。俺は納得し、そして思う。

「……なんで？」

もちろん、本人からの回答はなかった。


何分ほど歩いただろうか。藤堂は、ようやく探索をやめた。

そこは、利用者の少ない階段の一番上。屋上へと続く、踊り場だった。外へ続くドアは開放されておらず、使われていない椅子や机が乱雑に置かれているのみ。

ワンルームにも見えるような空間。そこに藤堂真白は一人で身を隠している——はずだ。

なぜ憶測なのかといえば、俺は藤堂真白がいるはずのスペースの下の階段で、息をひそめてしゃがんでいるからだ。実際の姿は見ていない。

断面図で見れば『くの字』の上と下に、藤堂と俺は位置している。俺はかくれんぼの鬼のはずだったが、今や逆の立場。ここから、どうやって話しかければいいのか、思いつかない。

薄暗い場所に不釣り合いな、可憐《かれん》な声が、小さく響いた。

「えーっと……これで、いいのかな」

藤堂の独り言、らしい。なにかをしている、らしい。女子高生が、わざわざ隠れる場所を探してまで、学校でスルことってなんだろうか……い、いや、変な想像なんてしてない。

思いのほかすぐに答えがわかった。俺の浮かれた思いを否定するように、人工的に合成された無機質な効果音が聞こえてきたのだ。

——ジャキン、バンバン。

言葉で表すには難しい、金属的な重みのある効果音。

「……っ⁉」

俺は銃口を突きつけられたような気分になった。なぜって、その音は俺が昼夜問わず時間を注《つ》ぎ込んでいるゲーム、モバイル版『エアポケ』の起動音だったからだ。

思わず声をあげそうになったが、すんでのところで抑え込む。同時にすべてを理解した。それは俺にも理解できる思考だった。つまり藤堂真白は一人でゲームをしたくて、落ち着ける場所を探していたってことなのだ。

「さ、今日もがんばろっと」

今日も？　じゃあ明日も？　というか昨日も？　つまり、藤堂真白は毎日、隠れながらゲームをしているってことなのか？　わざわざ学校で？　人目を忍んで？

おいおい、それじゃあ、まるで『俺』みたいじゃないか。

藤堂真白は学園のトップ層で、イケメングループからいつも遊びに誘われて、それを軽くあしらって、イケメン大学生なんかと大人びた合コンをしているような女子高生じゃないのか？

根拠のない偏見です、すみません。

俺の混乱など知る由《よし》もない藤堂は、楽しそうに言葉を重ねる。独り言が多いタイプらしいが、それも俺と同じだった。

「今日はこのキャラ試してみようかな……毒ガス使えるのか……物騒だな……」

藤堂の声に合わせるように、キャラセレクト時のＢＧＭが流れている。聞き慣れたはずの音が、おそろしく非現実的なものに思える。

というかだな、藤堂真白よ。

現実問題として言わせてもらいたいことがある。

——イヤホンをしろっ！

理由はわからないが、隠れてゲームをするつもりなら、音を消すことは心掛けるべきだ。隠れている意味が、なくなってしまう。頭隠して音隠さず。周囲にバレバレだ。

やばい。助言したくなってきた。ゲーマーあるあるだ。好きなゲームをしている初心者に、おせっかいを焼きたくなる。

遠く離れた存在だと思っていた藤堂真白が、実はこっち側にも足を踏み入れているとわかった途端、俺は親近感を覚えてしまっていた。興味がなかったはずの芸能人が、自分と同じ趣味を持っているとわかった途端、一方的に共鳴してしまう視聴者みたいだった。

さっきまでは遠く離れたかったはずなのに。今では勝手に近づいてしまっていた。

なんという矛盾《むじゅん》。陽キャという存在から距離を置くためにストーカー……ではなく、追いかけっこをしていたはずではなかったのか？　それがどうした。今では助言をしたいなんて。

その時だった。

身構えていなかった方向から、男子生徒のガサツなやりとりが聞こえてきた。

「おっしゃ、じゃあ、負けたほうがラーメンおごりだからな！」

「上等、やってやるよ」

階段に隣接する廊下を、生徒が大声をあげながら通り過ぎたのだ。体育系なのか、声が腹から出ていた。まるですぐ傍《そば》まで近づいてきているようだった。

「……⁉」

俺は顔を出して、階段下を確認する。が、相手の姿は見えない。よかった。進路はこちらではなかったらしい。

「……ふう」

こわばっていた体が弛緩《しかん》する。なにも考えずに、視覚で確認をしたのは、迂闊《うかつ》だった。もし、他の生徒と目が合ったりしたら、いろいろと疑われるような状況だったし。

焦《あせ》りとは、判断を鈍《にぶ》らせるものだ。

かくれんぼと同じだ。危険が迫るほど、外の様子が気になる。鬼が近づく気配。錯覚か？　現実か？　速まる心音。無事に足音が遠のくと、やはり身の安全を確認したくなり、隠れている場所からそおっと頭を出す。目視による状況確認は、誰もがしてしまいがちな、普遍的な行動なのである。

あれ？　それって、つまり――一つの可能性に思い至り、おそるおそる、視線を上げた。

頭上に二つの目があった。それは藤堂真白の瞳だった。

「あ」

声を出したのは、俺だ。かくれんぼの鬼に見つかった気分。ようするに、藤堂真白も、俺と同じく、階下を覗き込み、安全性を確かめていたのだ。違うことは、一つ。藤堂はしっかりと不審者の姿を捕捉《ほそく》していたということ。

俺を見下ろしながら、藤堂は言った。

「……黒木くん」

「……あ、はは」

愛想笑いって大事だよな。こういうときは特に。なにかを誤魔化せそうな気がするし。

「なんでいるの、黒木くん。偶然じゃ、ないよね」

誤魔化せなかった。

「あ、いや……えっと……」

藤堂の目が、疑うように細められる。この状況がすべてを物語っているのだから、何を言っても嘘になる。

「ずっと、そこで聞いてたの……？」

「聞いてた……って、なにを？」

少々、方向性の違う質問に戸惑《とまど》う。

藤堂の顔が急速に赤くなっていくのが、下からでもよくわかった。

「わ、わたしの独り言……とか。聞いてたの、ってこと」

聞いていた。だが、正直に言うのも可哀そうな気がした。

「ずっと、というか、なんというか……聞いていたような、聞いていないような……？　ほとんど何も聞こえなかったと思うけども……」

「ふうん……？」

こちらをじっと見つめる藤堂の瞳。もしこれが漫画の一コマだったならば、俺の顔には冷や汗が滝のように流れているだろう。

藤堂は、俺の言葉の真偽《しんぎ》を確かめるように、ゆっくりと口を開いた。

「ていうか、さ」

怒られるか、罵倒《ばとう》されるか。いっそ無視されたほうが楽か――そんなことを考えていた俺の耳に届いたのは、まったく想定外の言葉だった。

「黒木くんって……このゲーム、うまいんだよね……？」

見つかったのは俺であるはず。なのに、藤堂真白はまるで悪戯《いたずら》が見つかってしまった子供のような言いっぷりだった。

俺の脳は混乱していた。このゲーム？　つまり、エアポケモバイルのことだよな。

「やりこんでるほうだとは思うけど……エアポケのことだよな……？」

藤堂は眉をしかめた。怒っているというより、何かに気がついたように。

「エアポケってわかるんだ」

「え？　いや、だってゲームの起動音でわかるし――」

効果音、聞こえたし。

「――起動音でわかる、ね」

「あ」

語るに落ちるとは、このことだ。すべて聞こえていた、と白状したようなもの。

「そっか、そっか。音でわかるんだね。そんなに大きくなかったのに」

こうなりゃ自棄《やけ》だ。思ったことを指摘する。

「自分が思うより、大きいんだぞ。ゲーム音、だいぶ響いてた」

藤堂は唐突にジト目になった。美少女のソレはものすごい破壊力を持つ可愛さなのだろうが、今の俺からすれば即死級の銃弾にしか見えなかった。

「やっぱり全部、聞こえてたんだ」

「スミマセン」

正直に謝る以外の選択肢なんてなかった。

5　チョコレート・ナイフ

突然だが、現在の状況を説明します。

登場人物は俺と、藤堂真白《とうどうましろ》。場所は屋上手前の階段踊り場。

席を挟んで座っている。『俺・机・藤堂』という配置だ。

脱出するための階段は、藤堂の席の向こう側だった。つまり、逃げられない。以上。

尋問《じんもん》が始まるような気配を感じる。困ったときは、とりあえず愛想笑いだ。

「へ、へへ」

ひきつった笑いにつられるように、藤堂の顔が心配そうなものになった。

「黒木《くろき》くん、こわれちゃった……」

「こわれてはいない……！」

こわれかけではあるけども。

「あ、よかった、元気になった。じゃあ、答えてください。なにを聞きましたか？」

警察が犯人を追い詰めるように、藤堂はぐいっと身を乗り出す。放課後だからか、胸元のリボンを緩《ゆる》めているらしく、余計な肌色が目に映る。藤堂って、テストの成績もかなりいいはずなのに、どこか間が抜けている気がした。

「何をって言われても……藤堂の独り言を二言三言くらいだ。それ以外は聞いてない」

「ああっ、やっぱり独り言、口にしてたかぁ……」

ぼっと赤くなる藤堂真白の顔。そのまま両手で覆《おお》って下を向く。灰金髪《アッシュブロンド》の髪がさらさらと肩からこぼれおちた。まるで砂時計の砂粒のようだ。

恥ずかしがる藤堂は、なんだか年相応の少女に見えた。率直に言って、呼吸が止まるくらいに可愛かった。藤堂は手を少しだけずらして、口元に置いた。

「わたし、独り言多いんだよなぁ……！　ほんと、気をつけないと……！　ナイショだからね、黒木くん！　色々と内緒だからね……！」

「わ、わかった」

「絶対だよ……！」

「ぜ、絶対……」

藤堂とがっちりと目が合う。手を伸ばせば届く距離に超絶美少女がいるというだけで、必要以上に緊張した。俺はバカだ。一瞬でも『藤堂と俺は似ている』なんて思うだなんて。

藤堂は手を膝《ひざ》に置きなおすと、一人でコクコクと頷《うなず》いた。

「黒木くん。キミは口が固い人です」

「え？」

「口が固いということがわかりました」

「なぜわかったの……？」

「固そうな顔をしているからです」

「固そうな顔とはいったい……」

柔らかくはないとは思う。たとえば茜《あかね》の活動も誰一人として言ってないし。友達がいないから伝えられないっていう可能性は脇に置いておくとしても、ペラペラ口にするタイプではない。

藤堂は指を立てて、教師っぽいことを言う。

「『口が固いものに悪人なし』と言います」

「誰の名言だ」

聞いたことがない。

「藤堂真白」

「お前かよ……」

聞いたことがないわけだ。

「あ、『お前』って言われると、なんだか傷つく。やめてよ」

唇をとがらせた姿に必要以上にうろたえたが、なんとかこらえた。

「ご、ごめん」

「『真白ちゃん』か『まぁちゃん』のどっちか選んでいいよ？」

ふふん、と笑う藤堂。どうやらからかわれているらしい。

「……藤堂さん、で」

「藤堂さん、ね。お堅いなぁ。でも口も固そうな感じだから良いかな」

「どうしても俺の口を固めたいらしけど、一体、なにがしたいんだ」

「あのね、黒木くん。これって一つの縁だと思うの。黒木くんのスマホを割ってしまったことも、こうして考えてみると、とっても重要なフラグだったよね？」

「フラグ……」

なんだか、らしくない言葉選びだった。

「黒木くん。わたしの師匠になって？」

「え？」

聞き間違いか？

「先生でもいいし、コーチでもいいよ？」

聞き間違いではなかった。

「藤堂さんがこわれちゃった……」

「こ、こわれてないっ」

藤堂が慌《あわ》てていると、なんだか親近感を覚える。のだが、顔面偏差値を再確認すると、やはり俺の心はドキンとして、萎縮《いしゅく》する。

それにしても――コーチか。

俺は過去に、アマチュアのゲーミングチームに属していたことがある。お互いに高め合い、時に指摘し合い、チームを組んで小さな大会に出るような関係だった。過去形なのは、今はソロだから。理由は適当に悟ってくれ。

活動中は、コーチ役も存在していたが、正直、いい思い出ばかりというわけではない。しかし、それはあくまで俺の気持ち。藤堂は真剣な目をしていた。

「つまり、藤堂はゲームがうまくなりたいのか？　それで一人で隠れて練習してた」

隠れて練習する、ということに悪い意味はない。努力は見せればよいというものでもない。

藤堂は小さく首をかしげた。斜め上に視線を向ける。

「えっと……そうだね、もちろん勝ちたいし、うまくなりたいし、だからコーチ役が欲しいなあって思ったんだけど……」

「だけど？」

「強くなりたいのは……楽しくやりたいから？」

「……なるほど」

うらやましいくらい、純粋な思いだ。

答えを得たかのように、藤堂がうんうんと頷いた。小動物っぽくて、愛嬌《あいきょう》があった。

「まずは誰かと遊べるくらいにはうまくなりたいだけかな。楽しくゲームをするにも、技術は必要でしょ？　だから教えてほしいんだ。楽しむために、うまくなりたい。足をひっぱるようじゃ、心から楽しめないでしょ。できるなら、それで強くなれたら、嬉しいよね？」

「そうだな……」

その通りだ。楽しくゲームをする。そのためにうまくなりたい。

なんて眩《まぶ》しい言葉だろうか。どこかに忘れてしまった気持ちだ。

「わたし、間違ってるかな」

間違ってない。そう答えるだけなのに、すぐには口が開かなかった。

＊

楽しくゲームをする。当たり前なのに、忘れがちだ。だって俺は、強くなりたかったから。父か母が言っていたっけ。「趣味を仕事にすると、楽しめなくなるから。どうしてもそうしたいなら、多趣味でいなさい。それなら病《や》まない」とかなんとか。学生の身分ながら、それは、ここ数年で、よくわかった。あんなに楽しいゲームだって、目標が高いと、苦しくなる。

それがチーム戦なら、なおさらだ。個人の失敗は、全体に影響する。自分が完璧でも、他人の失敗で、すべてが台無しになる。いつしか、楽しさよりストレスのほうが勝っていき、最後には精神にダメージを受ける。娯楽だったはずのゲームは、ただの凶器となる。

唐突に黙った俺を、藤堂はいぶかしむ。

「黒木くん、どうしたの？　わたし、なんか変なこと言った？」

「……いや、なんでもない。こっちの都合だ」

「ほんと？　だいじょぶ？」

藤堂は顔を傾けた。肩から灰金髪が零《こぼ》れ落ちた。外から差し込む光の筋に照らされてキラキラと輝く。まるでレアアイテムみたいだ。プレイヤーなら誰だって、飛びつくくらいの。

「……で、藤堂は俺に何を望んでるんだ」

「だから、わたしのゲームの先生になってほしいなぁって」

「コーチ役ってことだよな」

「……だめ？」

言いながら、上目遣《うわめづか》い。これを自然にやっているというのなら、藤堂真白は世界を滅ぼしかねない危険人物である。

学校生活では雑魚《ざこ》レベルの俺だが、ゲームのことならば一家言《いっかごん》を持っている。

「藤堂の言いたいことはわかった。間違ってもないと思う。けど、申し訳ない。コーチになれるほど俺は強くないんだ」

事実だ。この数年で自分の立ち位置はわかっている。弱くはないが、最強クラスでもない。

藤堂は不思議そうな顔をした。

「スマホ壊れた時に見えたけど、黒木くんのランク高いよね。それって強いってことだよね」

「ランクはたしかに最上位だ。ランクはな。でも腕前が最上位ってわけじゃない。コツコツやってれば、上がるものだし」

藤堂は、納得がいかないように言葉を重ねた。なんなら藤堂も早口だった。

「でも、一位になりたいわけでもないし。楽しみ方を教えてほしいってことだよ？」

「楽しみ方……」

「そうそう。ゲームを楽しむテクニックというか、心構えとかさ。やっちゃいけないこととか、教えてほしいの」

楽しみ方。難しい話だ。それはプレイヤーによって形を変える。

俺はゲームで一番をとりたかった。一位になるからこそ、楽しかった。

でも、藤堂の楽しさは、別のものだろう。

俺と藤堂の差。まるで、高校生活における差のようだった。

陽キャと陰キャが組んだって、テンションに困るだろ？　強い奴と、楽しみたい奴が、一緒に遊んだって、その目的の差は間違いなくゲームをつまらなくするモノになる。

強くなりたいゲーマーと、楽しく遊びたいゲーマーは、水と油だ。同じゲームをしているのに、決して交わることはない。

「申し訳ないけど……俺は……」と断ろうとしたときだった。

「じゃあさ――」

藤堂は提案した。光の速さの変わり身だった。

「――仲間になるのは？」

俺は真顔で言い返した。

「え？　仲間？」

「そう。ゲーム仲間。わたし、そういう相手が欲しかったの」

彼女のピンク色の唇から出てきた言葉は、熱を帯びているように感じられた。

つまり藤堂真白もゲームにおいては、一人ぼっちなのだ。

思わず、呟《つぶや》いた。

「それは……つまらないだろうな。仲間と遊ぶと楽しいし」

「でしょ⁉」

「うおっ⁉」

藤堂が、椅子を蹴倒さんばかりに、身を乗り出してきた。机に手をつき、先ほどとは段違いに、前のめりになっている。白状する。視界の下あたりに、カラフルな色と、黒い縦《たて》線が見えた気がしたが、俺は必死になって、無視をした。

「黒木くんっ、わたしと一緒にシよっ？」

言い方。

「……」

「ね？　コーチじゃなくて、一緒にスルだけならいいでしょ？」

だから、言い方。

「……」

「シようよ、一緒にっ。それが一番イイ関係だと思わない？」

「あの……ゲームの話だよな？」

「そうだけど」

ですよね。

「だいじょうぶ？　黒木くん」

　藤堂のせいだよ、と言いかけたが、たぶん俺のせいなので黙っておく。

「一応、聞いておくけど……ゲーム仲間っていうのは、現実で一緒に遊ぶんだぞ？」

「……？　なにが言いたいの？」

　ほとんど話したこともない俺たちが、一緒に楽しくゲームをするのか？　できるのか？

「ねえ、黒木くん、わたしとゲーム仲間になるの、イヤなの？」

　それはチョコレートで作られたナイフのようだった。もろくとも鋭く、胸に刺さったあとに、奥でゆっくりと溶けていく。

　ミイラ取りがミイラになるって、こういうことなんだろうか。

「イヤじゃないけど……」

　声が裏返る。気後《きおく》れするだけで、イヤなわけがない。こんなカワイイ女子とお近づきになれるなんて考えられなかっただけだ。俺の高校生活、ゲームしか存在してないんだぞ。

　断られることを想定していなかったような、全力の笑顔が向けられた。

「そう？　なら、よかった。じゃあ、今日からわたしたちは、クラスメイトであり、ゲーム仲間ね？」

　藤堂が手を差し出す。まさか金をせびられているわけではあるまい。ようするに、そういうことだ。数秒後に訪れるその時にそなえて、ズボンで手の平を拭《ふ》いた。もちろんバレないように。

「今日から仲間《パーティメンバー》になった、黒木陽《よう》です……」

ゲーム上ではおかしくない言葉でも、現実では滑稽《こっけい》に聞こえたらしい。

「あはは、黒木くん、面白い――今日から仲間になる藤堂真白です、こちらこそよろしく」

至って自然な流れで、俺は藤堂の白い手を握った。信じられないほどに柔らかくて、当たり前だけれど、温かかった。

握手。ハンドシェイク。友好の証《あかし》――小学生以来、初めて女子の手を握ったなんて、絶対に言いたくなかった。

藤堂は、さりげなく笑った。

「よかった。黒木くんとゲーム仲間になれて」

「過度な期待はしないでくれ」

「期待？　なんの？」

「なんでもないです」

無性《むしょう》に恥ずかしい。藤堂真白の前だと呼吸が苦しくなって、落ち着かなくなる。

どちらからともなく、握手が解かれた。藤堂の手が離れた。俺の手の平は汗ばんでいなかっただろうかと気になって仕方がない。

「ねえ、黒木くん。話は変わるんだけどさ……？」

藤堂は、態度を改めた。

「なんだ？」

「質問していい？」

「いいけど……」

「黒木くんの家って、ゲーム、一日何時間していいの？　一時間くらい？」

一瞬、なにを聞かれているのかわからなかった。

「ゲームのプレイ時間ってことか？」

「うんうん」

おかしなことを聞くものだ。

「べつに何時間でもいいけど。あくまで勉強をしたあとは、だけど」

「……え？　何時間でも？　自由に？」

「いや、だから勉強したあとな」

「勉強してたら、何時間でも……？」

信じられないものを見たかのように、藤堂の目は丸くなった。

6　ねえ、遊びに行っていい？

俺は、家庭の内情を説明することにした。

「我が家は、両親も妹も、みんなゲーマーなんだ。場合によっちゃ親のほうが長くゲームしてることもあるから、子供に注意なんてできないってわけだ」

「親もゲームするの⁉　大人なのに⁉」

そんなに驚くことではないとは思う。しかし、藤堂《とうどう》家からすると信じられないのだろう。

「もちろん、親だって大人だって、人間だからな。日本はゲーム大国だし、やっていても変じゃないだろ？　昔はみんな子供だったんだし、大人になってもゲームはする」

「そう、かな？」

いまだ半信半疑なのは、きっと、藤堂の両親がゲームなんかと無縁だからなのだろう。ようするに、住む世界が違うわけで、だから価値観も違う。それはかりはどうにもならない。

藤堂は若干《じゃっかん》浮かせていた腰を元に戻すと、「でも、そうだよね」と呟《つぶや》いた。

「大人だって色々いるし、常識だって違うよね。うちの親は、昔からあるようなボードゲームしかしないよ」

「将棋とか囲碁とか？」

「そうそう。チェスとかバックギャモンとかね」

くすくす笑う藤堂。なにが面白かったのかがわからない。

「黒木《くろき》くんの家はいいなぁ。わたしもそういう家がよかった」

「ゲーム時間、決められてるのか？」

「決められてる？　そんなものじゃないよ。禁止だよ、禁止」

うんざりしたのか、藤堂はその気持ちを追い払うかのように、手をひらひらと振った。

「禁止か……」

教育上という観点からすると、ゲームは目の敵《かたき》にされがちだと思う。ゲームは悪、とまで言い切る大人もいる。酒とかタバコのほうが、よほど悪だと思うけど。

「そんなに心配しなくたって、わたし、不良になんてならないもん。パパもママも子供を信頼しなさすぎ」

もん、って。少なくとも、藤堂家の情操教育はうまくいっている気がした。

ふと小学校時代の記憶がよみがえった。

「藤堂って、いままでゲームで遊んだことあるのか？」

「うん。たまにだけど」

「もしかして、ゲームが趣味の友達の家に遊び行った時に？」

藤堂はふくれっつらをひっこめた。

「そうそう、よくわかるねっ。ゲーム好きの友達とか、お兄ちゃんがゲームたくさんもってる子の家で遊ぶときに、やらせてもらってた」

そこまで話すと、藤堂はピンときたらしい。俺の言葉を待たず、続けた。

「もしかして、黒木くんって、遊びに来られていたほうじゃない？　わたしみたいな子に」

「そうだな。ゲーム禁止の家のやつが、遊びに来てたことを思い出した」

「うわあ、同志だよ、その子。じゃあ、たとえばさ——」

藤堂は嬉しそうに言葉を重ねていく。それから、ゲームができる家・できない家あるあるで盛り上がった。打てば響くような会話に、思いのほか、面白さを感じてしまった。

「そいつ、夏休みに毎日遊びに来てたからな。もはや自宅みたいなもんだよ」

「へえ、そっか、そっか。毎日遊びに、ね。自宅みたいに、毎日ね？」

藤堂の目が光っていたことに、俺は気がつかなかった。

「ねえ、黒木くん？」

藤堂は、どこか大人びた雰囲気をまといながら、ツツっとすり寄ってきた。正面に座っていたはずの藤堂が、椅子をずらして、俺の真横にいた。

「え？」

「あのさー、ひとついい？」

藤堂は体を近づけてきた。まるで密着状態。体温を感じるどころか、柔らかい何かが、どこかに触れていた。

「な、なんでしょうか」

声が裏返る。楽しい気持ちは消え去り、緊張だけが残る。

藤堂が自分の口元に手を当てる。そのまま俺の耳元に顔を寄せてきた。内緒話をするような体勢。俺の膝《ひざ》の上に、藤堂の手が置かれた。

「よかったら、なんだけどさ？」

耳に藤堂の息がかかったところで、俺の中の何かが壊れた。

「近いっ、近いから、離れてくれっ」

「あれ。逆効果だった？」

藤堂は「てへっ」と、ピンク色の舌を出してみせた。いちいち可愛いが、だまされてはいけない。俺は、よからぬ妄想を消し去るように、声をあげた。

「聞きたいことがあるなら、はっきりと言ってくれ」

藤堂は妖艶《ようえん》な雰囲気を消し去ると、一転して、真面目《まじめ》な表情を浮かべた。膝をそろえて、短いスカートを両手で押さえ、真正面から視線をぶつけてくる。

「なら、単刀直入《たんとうちょくにゅう》に言うね」

「そうしてくれ」

「あのさ。黒木くんと話していて、思いついたんだけど……」

「思いついた……？」

イヤな予感がした。

「つまり、その……黒木くんの部屋に、わたしが遊びに行ったらダメかな？　そしたらゲームできるって気がついたんだけどお……」

「……は？」

時が、止まった気がした。心臓の鼓動も、停止しそうな気配がした。

出てきたのは、一語だけだった。

「じょ、冗談だろ？」

藤堂は「あはは」と恥ずかしそうに笑った。恥ずかしいのはこっちだっていうのに。

「そうだよね。部屋に遊びに行ったら誤解されちゃったりするかもしれないし……ゲーム仲間だからって、なんでも許されるわけじゃないよね」

誤解ってなんだよ。いや、まて。相手は芸能人級の女子である。誤解っていうのは、いわゆる週刊誌的なゴシップか。つまり誤解するのは、世間であり、野次馬である。

「誤解は困る」

「だよね。黒木くん、クラス内でもあんまり話してないし、昼休みもイヤホンずっとつけてるし、一人が好きなのにみんなと遊ぶのが好きって思われたら迷惑だよね」

かろうじて、言葉を返す。

「……いや、そういうわけじゃ」

「違うの？　でも、いつも一人だったから、そうなのかなって」

藤堂の純粋な言葉が、逆に胸に突き刺さる。

俺は弁明した。

「友達も話し相手も、いることにはいる……たとえば、えっと、佐藤《さとう》くんとか」

藤堂は即座に答えた。

「黒木くんの前の席に座ってるね」

「そうだ。あと加藤《かとう》くんとか」

「黒木くんの隣の席に座ってるね」

「そ、そうだ……！」

藤堂は満面の笑みである。

「友達全員と席が近くてよかったね！」

「……ぐぁっ」

すみませんでした。席が近いやつとしか、まともに話したことがないだけなんだ。

もう俺の負けでよかった。

「まあ、友達なんて、多かろうが少なかろうが、人それぞれだろ……大切なのは、どれだけ気が合うかどうかで……」

落ち込んだ俺へ向けて、藤堂が頷《うなず》いた。

「いいこと言うね、黒木くん。じゃあさ、同じゲームを好きな者同士、部屋に遊びに――」

「――いや、無理、すみません、ほんとにそれはごめんなさい。絶対、無理です」

藤堂が眉を下げた。

「そこまで否定しなくても……意外とショックだな、わたし……」

藤堂って、本来は、部屋に呼ばれる側の人間なのだろう。つまり、基本的に断る側のはずで、断られ慣れていないのだ。

藤堂は切り替えるように、肩を上げた。

「でも、当たり前の反応だよね」

「ああ、悪いな」

わかってくれたらしい。

「じゃあさ、黒木くん。部屋に入れて、なんて言わないからさ、ゲームを一緒にしてよ？　それならいいでしょ。で、いろいろ教えて？」

本来なら拒否するところだが、部屋に入れるよりはマシだろ、と思ってしまった。

「そうだな……教えられることは少ないと思うけど、それぐらいならいいか」

「やった！　学校以外でも、ゲームの質問、していい？」

「答えられる範囲でなら」

「じゃ、ＬＩＭＥ交換しよっ」

ＬＩＭＥとはチャットアプリである。自慢じゃないが、友達登録数は一桁《ひとけた》だ。

「……わかった」

ノリというのは大変怖い。一つを許せば、あれよあれよという間に、状況は変化していった。

こうして俺は、顔面偏差値が限界突破している藤堂真白《ましろ》と、連絡先を交換するはめになったのだった。

藤堂は満足そうにスマホをいじる。突如《とつじょ》、俺のスマホが振動した。画面を見た。

《ましろ：よろしくね？　ゲーム仲間の黒木くん》

ゲーム仲間──高校に入ってから『仲間』なんて、面と向かって宣言されるのは初めてかもしれない。

俺は何度か文面を読み返してから、顔を上げ、藤堂の顔を見た。仲間だというならば、こちらも真摯《しんし》に対応せねばなるまい。

「気の利《き》いた返しはできないけど──まあ、よろしく」

俺の言葉を聞いて、藤堂は目を見開いた。

それから「ふふっ」といたずらっぽく微笑んだ。

「黒木くんって、ＬＩＭＥの返事を口頭で返すタイプだ？」

「……くっ」

「くすくす」

耐えきれない、というように藤堂は笑い続ける。笑顔がまぶしい。ＣＭで見たことのある表情。

俺は顔が熱くなったが、藤堂を笑わせられたという、奇妙な達成感があった。

「じゃ、黒木くん」

「？」

浮かれる俺に向けて、藤堂は次なるステージを示したのだった。

「明日の放課後、ここでゲームしよ？　いいよね？　だってゲーム仲間だもんね？」

「明日……？」

「そう。二人だけで、ゲームしようね？」

「二人だけ……？」

いけない約束をしている気持ちになりながら、俺は頷いた。

7　連続イベント発生中

翌朝。

自室の窓を一息に開けると、心地のよい風が入ってきた。『ちゅんちゅん』なんて、スズメが可愛らしく鳴いているが、俺の心はザワザワとしていた。

軽く顔を洗ってから、サンダルを履《は》いて、一階へと向かう。一度、外へ出て、階段を下りなければならない。

鍵のかかっていない玄関を開けると、外履きを脱ぎ捨てた。そのまま、リビングへ向かうと、登校前の茜《あかね》が、一人でもそもそと朝ご飯を食べているところだった。

いつもはリスみたいにくりくりとしている目が、今は、糸のようになっている。昨夜は深夜まで配信をしていたらしい。つまり、寝不足だ。

俺は席に着き、柔らかな食パンに、ピーナツクリームを塗りながら言った。

「茜。何時までゲームしてたんだ」

「んあー？　二時くらい？」

おいおい。親の顔が見たいぞ。ちなみに未成年なので配信は二十二時までとなっている。

「中学三年が、二時までゲーム？　それ以上、成長しなくなるぞ」

「うわぁ、朝から兄のモラハラぁ。いくら茜ちゃんが小さいからって、小さいままだとおもうなよぉ」

俺はミルクを噴き出しそうになるが、なんとかこらえた。

「アホか。義務教育中だろ、勉強しろ」

「にいにだって、目の下クマあるけどねえ。寝れてないんじゃん？」

「……義務教育終了してるからいいんです」

「ふーん？」

茜は興味なさそうに、もっそもっそとパンを食す。リビングは、話すやつがいなくなれば、静かなものだった。両親は、まだ寝ているのだろう。俺は寝室がある方向に目を向けて、言う。

「とはいえ、両親がこれじゃ、子供も、こうなるよな」

茜も頷《うなず》く。

「そゆこと。親の遺伝子に文句を言ってほしいよ」

父が小説家。母が絵本作家である。ちなみに、ヒット作が出たのは、父のほうが先だったらしいが、これまでに売れた部数は、母のほうが多いという事実は、黒木《くろき》家最大のタブーである。

「ま、そこに関しては賛成だ。子は親の背中を見て育つからな」

俺はミルクを口に含んだ。

茜はパンを飲み下すと、さらりと言った。

「──で、にいには、彼女とデートなの？」

「ぶふぉっ」

俺はミルクを噴き出した。

「きたないっ！　なんなの、にいにっ！」

布巾で机を拭《ふ》きながら、俺は強い口調で言った。

「茜が変なことを言うからだろうがっ」

「だって、にいに、昨日からテンションおかしいじゃん。ぼーっとしたと思ったら、ぶつぶつ独り言いったり、首をひねったと思ったら、わーっと頭をかいたり」

そいつは、確かにおかしい。言われてみれば、放課後以降、心ここにあらずで、記憶もあやふやだった。

「俺、そんなにおかしかったか。いつもと違ったか」

「おかしいのはいつもだから、その聞き方だと半分は違うけど」

「そうですか」

この妹、口が悪すぎやしませんかね。お兄ちゃん泣いちゃうぞ。

「いつも、おかしいのは、本当。でも、今回はいつもよりおかしかったからね」

「どこが……？」

後学のために、聞いておかねばならない。

茜は、訳知り顔で説明を始めた。

「にいに、昨日、顔を洗ったとき、鏡を見たでしょ？　それで、髪型をささっと整えてたんだよね。さっきも、鏡の前通ったとき、自分の顔を見てたし。そんなことされたら、茜ちゃんは気がついちゃうよ？　『あ、これ、自分がどう見られてるか気にしてるぞ。女だな？』ってさ」

そう言って、茜は大げさに胸を張ったのだった。


いつも通りの朝——ではなかったが、茜との会話を終えたあとは、何も変わらぬ高校生活が始まった。

茜には、いろいろと見抜かれていたが、それは家族だからだろう。さすがにクラスメイトには指摘されることはないはずだ。でも、疑われたらどうしよう。藤堂《とうどう》に迷惑かけるだろうか……なんて、そわそわとしていたら、すぐに放課後になってしまった。

理由はどうであれ、待ちわびた待ち合わせ時間である。なのに、俺はすぐに席を立つことができなかった。周囲の視線を強く意識してしまう。自分が世界の中心になったみたいだ。

女子と校内で待ち合わせをする、という事実は、想像以上に精神に異常をきたすようだった。

結局、俺が階段踊り場にたどり着いたのは、放課後に入ってから二十分も経《た》ったあとだった。

遅刻ではない。待ち合わせ時間は決めていなかった。放課後集合！　ただそれだけ。

それでも、どこか申し訳なさを感じながら階段を上る。そうっとそうっと、周囲から聞こえてくる放課後の雑音に紛《まぎ》れるぐらいに。

階段踊り場。視界に、椅子と机の脚が現れたあたりで、ようやく、それに気がついた。

藤堂真白《ましろ》だった。放課後になると、制服の着こなしを緩《ゆる》くするらしい彼女は、椅子に座り、机につっぷしていた。

「すー、すー」

近づくが、起きない。どう見ても、寝ている。

ずいぶんと気持ちがよさそうだ。ピンク色のタオルを机にしいて、頬を押し付けるように寝ている。埃っぽい階段踊り場が、お城の一角に見える。圧倒的な美少女の昼寝だった。

俺は、それ以上、動けずにいた。

いろいろと目についてしまう。たとえば、座り方のせいで、必要以上にまくれ上がっている短いスカートとか。机の上に押し付けられている、やけに主張している胸とか。小さく息が漏《も》れている唇とか——俺は、いけないことをしているのだろうか。

いや、おちつけ。

「クラスメイトが、昼寝してるだけだろ。たいしたことじゃない……」

それだけのことだ。なのに、なぜ？　どうして、ここまで、俺の胸はドキドキとしているのだろうか。

数分が経過し、俺はようやく落ち着きを取り戻した。

藤堂がすやすやと眠っているのは、俺のせいなのだ。相手を待ちきれずに、睡魔に負けてしまった。俺とは違い、日々忙しいだろうから、睡眠時間も足りていないのだろう。

ただ、それを差し引いたとしても。

「寝ている姿が無防備すぎるけどな……」

藤堂の寝姿は、隙《すき》だらけだった。隠し撮りをされたとしてもおかしくない。起きたら、注意でもしておくか？　いや、墓穴を掘りそうだから、やめておこう。

藤堂の周囲を見ると、ずいぶんと私物が散在している。色々と手を尽くして、睡眠欲にあがっていた様子が見て取れた。

「藤堂は待っていてくれてたっていうのに、俺ときたら、すぐに向かわないで……」

ああ、なんて情けないんだ。俺のほうが『待つ側』の人間だというのに。

天井を見上げる。踊り場は、仄暗《ほのぐら》い。バレたら困るので、蛍光灯はつけられない。

明り取りから一筋の光が伸びており、空気中の何かをキラキラと輝かせている。同時に、藤堂真白《ましろ》の灰金髪《アッシュブロンド》も。

藤堂は軽く身じろぎした。

「んー、むにゃ……」

むにゃ、って言うやつ初めて見た……。

カサ、と音がしたのは、机の上のメモが落ちたからのようだ。ピンク色のメモ用紙。何かが書いてある。風で飛ばされる前に拾ってやると、意図せず、文面が目に入る。

『大事なこと！　キャラクターの特性を知る！　武器の特性を知る！　一人で突撃しない！　周囲を見る！　敵の場所を把握する！　負けても泣かないっ、楽しくやるっ、全然くやしくないもんねっ！（癖《くせ》のあるデフォルメされたウサギ？　の顔）』

「最後は嘘だろうけど……」

基礎的な心構えだが、単純ゆえに、一番大事なことでもある。これらができるようになれば、脱初心者といえるだろう。

きっと、攻略サイトとか、初心者向けの動画を見て、勉強したんだろうな。正解や、ゴールがわからない中でも、楽しみながら、調べたに違いない。

俺は……こういう気持ち、どこかに置いてきてしまった。

楽しく、より。

より、強く。

そうありたいと思ってゲームをしている……いや、していた、というほうが正しいだろうか。

今の俺には夢も目標もないし、ただ漫然とゲームをプレイするだけだし。

藤堂がまた身じろぐ。机の上の灰金髪が扇《おうぎ》のように広がった。

「くぅ……ぴぃ……」

寝息バリエーション、いくつあるの？

起こすべきなんだろうが、メモを見る限り、昨日も夜遅くまで調べ物をしていたのだろう。

家ではゲームができない分、知識を増やそうとして。

「もう少しだけ、寝かせておくか……」

空が広がる屋上へと続くも、決して開かないドアの前で、俺は、小さな明り取りの窓に切り取られた青色を見た。

世界は狭かったが、とても輝いて見えた。

8　いろんな世界

夜、自室。

定期的に行われている、妹と旧友とのゲーム時間。気楽で、面白い時間……のはずなのだが。

俺の意識はどこか、ふわふわとしていた。ここではないどこかへ、一人で旅立っている気分。

『にいに……じゃなくて、クロウ！　敵いたよ！　でも二人っぽいからツッコム！　援護よろしく――』

ヘッドセットから茜《あかね》の緊迫した声――が聞こえた気がした。何か頼まれていたようだったが、俺はぼうっと手を動かすのみ。

ちなみに『クロウ』というのは俺のキャラ名だ。思い出したくもない様々な意味が詰まった中二病全開のネームである。仲間内に定着してしまったせいで変えたくても変えられないのだった。突然、藤堂《とうどう》の姿がフラッシュバック。思考停止。えっと、つまり？

『――クロウ？　なんで投擲《とうてき》アイテムを持ったり、しまったりしてるの？　キャラが不審者みたいになってるよ。おーい、クロウ、なぐるぞー、ビシビシっ！　よし、反応なし』

旧友である『S《エス》』の声が続く。

『ユウヒちゃん、いいよ、クロウは置いといて。なんかコイツさっきから動きオカシイだろ。チームを組んでた俺にはわかる。私生活で何かあったんだな』

以前所属していたアマチュアチームの一員で、優秀なアタッカー。口は悪いが、面倒見がいい。崩壊したチームの中でもいまだに交流のある一人だ。

友達というより、ゲーム仲間である……そう、藤堂真白《ましろ》のように。突然、きらきらと輝く髪や、ピンク色の唇、肌色多めのイメージが脳内をかけめぐった。

『うーん……オカシイのはいつもだけど……。まあいいか』

『おうよ。それにしても、クロウは、悩みに押しつぶされて、とうとう不登校か？』

『不登校？　とんでもないよ。今日もウキウキして学校行ってたよ。ユウヒちゃんにはわかるね。これは女の影ありです。美人局《つつもたせ》でないことを願っているターン』

『あっはっは！　笑わせるから、外したぞ！　クロウに女友達なんかできねーよ！　あいつ、ネトゲでネカマに騙《だま》されてから異性問題には消極的だろ？　かわいそうに……』

『いやー？　本物だと思うけどー？』

『まじかよ。あいつに女の影？　ぜったいに詐欺《さぎ》だ』

『まあ、ユウヒちゃんがいるから、お兄ちゃんに悪い虫はつかせませんよ』

『そりゃ頼もしい。調査結果わかったらオレにもおせーて？』

『あいあーい。ユウヒ探偵事務所にお任せあれ――にいにのキャラだけは動きだしたね』

『ゲーマーの性《さが》だな。悩みはあれども、負けるのも嫌だ！　ってね』

なんか好き勝手言われているような気がするが、反論する余地がない。唇が動かず、指先は冷たい。

ゲームをしているはずなのに、脳内のイメージが止まらない。

あの後――つまり、放課後のこと。結局、藤堂は数分で目を覚ましたのだった。

＊

放課後。

「ふぁ……？」

藤堂真白は、突然、ガバリと上半身を起こすと、口元に手をやり頬っぺたをムニムニしていた。跡が残っていたら大変だと、ほぐしているように見えた。

それから、ぼうっとしたままの視線を右に左に。そこで椅子に座る俺を見つけたようだが、最初は夢だと思ったのか数秒停止。同時に我慢できなかったように、「くあぁ」と口元を押さえながら、控えめなあくびを一回。

野球部の掛け声が何回か聞こえたあと、一眼レフカメラのレンズみたいに大きな瞳が、俺の姿を捉《とら》え、ピントを合わせた。

「……えっ？　……えっ⁉　夢じゃない⁉」

予想外の第一声に、ツッコまずにはいられなかった。

「現実の放課後だぞ」

「やや、やだ、なんで起こしてくれないの……！　信じられないっ」

　俺を非難しているというより、自分を責めているようだった。

　藤堂は、髪の毛を両手ですいたり、押さえたり、でかい鏡を取り出して自分の顔をあらゆる角度で確認したりしている。視認速度がめちゃくちゃ速く、それでいて的確になにかが改善されていくようだった。

　俺はそれを見ながら『そんな動きができるなら、ゲームの上達も早そうだな……』なんて考える。

　藤堂が不満そうに口を開いた。

「人の寝顔をじろじろと見るのが趣味なの？」

　んなわけあるかっ、と否定しようとしたが、ぐっと、言葉を飲み込んだ。自己弁護できるほどの証拠がない……。

「そんな趣味はないし、じろじろとは見てません」

　ちょろっと見ただけだ。

「本当に見てない……？」

「さすがに、少しは見たけど……」

「じゃあ起こしてくれればいいのにっ」

　ぷくぅ、と膨《ふく》れる頬っぺた。破裂する前に、なんとかしなければならない。

「無茶を言わないでくれ。起こせるわけがないだろ？」

藤堂は胡散臭《うさんくさ》そうな目を向けてきた。

「人を起こすことは、無茶なことじゃないと思うけど……」

「気持ちよさそうに寝てたし、悪いと思ったんだ」

「待ち合わせしてたんだから悪いのはわたしだし、気にしないでいいじゃん……」

「でも、体とか触って、痴漢の疑いをかけられるのはイヤだろ？」

絶対に、やだ。万が一、目撃者でもいてみろ。

『どこぞの黒木《くろき》とやらが、寝ていた藤堂真白を襲ってた』とか噂されたら人生終わる。

一人で恐怖する俺へ、藤堂はジト目を向けた。

「体に触らなくても、机揺らすとか、大きな声を出すとか、なにか別の方法があるでしょ」

「……た、たしかに」

ものすごく負けた気がした。

「ふーん？」

疑わしそうにこちらを見る藤堂に根負《こんま》けして、俺は小さく頭を下げた。

「ごめんなさい……」

しばらく無言の時間。腕まで組みだす藤堂——しかし、耐えきれなかったように「ぷっ」と唇の間から空気が漏《も》れ出た。

「だめだ、笑っちゃった。なんか黒木くんの性格、少しわかった気がする」

「は、はぁ？」

からかわれているのか？

藤堂はにやにやとしながら、バッグをあさり始めた。

「相手のいいところを発見できると、仲良くなれたみたいでちょっと嬉しいよね」

バカにはされていないらしい。そうならば、何が『俺のいいところ』なんだろうか？

内心、首をひねる俺の背を、藤堂は言葉で押した。

「さ、ほら、黒木くん。わたしが寝てたせいで、時間がなくなっちゃったでしょ。早く、ゲームしよ？　わたしとゲームしてくれる約束でしょ」

藤堂は宣伝ポスターみたいな完璧なポーズで、スマホに映るゲーム画面をこちらに示してくる。

気圧《けお》されるように、俺は頷《うなず》いた。

「……よし。わかった、しよう。藤堂とゲームします」

「しよう、しよう、マシロちゃんとゲームをしましょ」

藤堂は俺のロボットみたいな返答を、嬉しそうに繰り返すが――数十秒後、いたってクールに、しかしどこか冷や汗が出ていそうな雰囲気で言った。

「あれ……パーティの組み方わかんない。一人でしか、やったことないから……」

ソロゲーマーあるあるの洗礼を順当に受けた藤堂と俺は、その後、日が暮れるまで存分にゲームをした。

＊

自室。茜とエスとゲームをしつつも、放課後のことばかり思い出す。

なにをするにも藤堂は俺を見て「できた！」とか「負けた！」とか「倒して！」とか「おお！　うまい！」なんて反応を見せてくれた。

正直なところ、いちいち、気持ちがいい。上位存在から、尊敬のまなざしを向けられて、認められて、褒《ほ》められて、承認欲求が満たされていく。脳がとろけそうだった。

俺の当たり前の日常が、藤堂の非日常的な反応を引き出していくのが、大変面白く、時間はあっという間に過ぎてしまった。

『おーい。クロウ、試合終わったぞ～、再戦すんだから、スタートしろ～』

『にいに～、なんか途中からＮＰＣみたいだったけど、チャンピオンはとってたよ。まだやるの？　それとも妄想に浸《ひた》るの？』

ボイチャの声に押し出されるように、記憶がところてんみたいにニュルリと押し出された。

藤堂真白。

寝起きで頬を膨らませて、怒って、その後は一転、笑顔になって俺と一緒にスマホゲームをする。負けたら悔しがって助言を請《こ》い、勝てば喜んでハイタッチを求める。たった数時間だけの交流なのに、どっと疲れた。その反面、時間はあっという間に過ぎた。

大体、なんで、こんなことになったんだ？

俺は、藤堂と、縁を切るために、背中を追いかけたはずだったろう？

それが、いつの間にか、藤堂からゲーム仲間と認定されて、一緒に、放課後、遊んでいる。

そういうのって、小学校で終わりじゃなかったのか？

都合のいいように、使われているんじゃないか——いやいや。使うもなにも、あいつ、しきりに「仲間と一緒にゲームするって面白いね！」なんて笑ってた。心から楽しんでいるようだったし、嘘をついているようには見えなかった。

でも、ああ……いやなことに気がついた。

それって、俺と遊ぶのが面白いわけじゃなくて、ゲームが面白いだけでは……？

俺は二人に尋《たず》ねてみた。

『……なあ、ユウヒ、エス。ひとつ聞いていいか』

『いきなり話し始めた』と茜。

『あ？　なんだよいきなり』とエス。

『お前らってさ……俺とゲームしてて、楽しいって思ってくれてる……？』

『にいにが壊れてた』

『クロウ……お前ってやつは……』

回答は得られなかった。

度し難《がた》し、藤堂真白。仲間どころか、ラスボスみたいなやつだ。アイツに勝てることといえば、身長とゲームの腕前くらい。

そうか。ゲームでは、少なくとも、藤堂には勝っているのだ。そこに自信を持つしかない。

一つの結論に至ったところで、ふっと、意識が戻った。

「あれ？　いつ、試合終わったんだ？」

『……はぁ～』

ボイチャから、ものすっごく深いため息が聞こえた。それも二人分だ。

「あの、なんか……ごめん……」

俺の人生は、藤堂真白にかき乱されている。

9　駆け足で

非常事態である。藤堂真白《とうどうましろ》が、俺の日常をぶっ壊しにきている。このまま何もせずにいたら、あっけなくゲームオーバーになる。

こういう時は、座学である。強くなるためには、がむしゃらに進めばいいというわけではない。時として、戦場から離れ、知識を深めるということも大事である。

しかし、人生に攻略サイトはない。先達者《せんだつしゃ》による動画の公開もない。

では、どうするのか？　――目で盗む。それしかない。

茜《あかね》に「あれ？　にいに、こんなに早く学校行くの？　脳みそバグった？」などとバカにされても負けずに、藤堂真白を観察するほかないのである。


教室。ホームルーム前。

俺は、観察対象である藤堂真白が登校するのを待っていた。なかなか、来ない。朝早く学校に来る意味がまったくなかった。

俺の意気込みとは裏腹に、随分《ずいぶん》と余裕のある表情で、藤堂真白が教室にやってきた。クラスの空気が変わる。みんなが一瞬、視線を向けるのだ。注目を、日光みたいに一身に浴びる存在。

いつもならすぐに視線を外すが、今日ばかりは、観察のために注視した。

「おはよー」と藤堂が口を開くたび、誰もが必ず、笑顔で対応している。

藤堂だって一人一人に視線を合わせて、柔和《にゅうわ》な表情だ。まるで握手会のようである。

アイドルのような存在は、わざわざ、遠回りをして、俺の脇を通ると、皆にそうしたように、
あふれんばかりの笑顔を向けてきた。

「黒木《くろき》くん。おはよー」

「……おはようございます」

なんで、わざわざこっちまで歩いてきたんだろう。なにかのメッセージでも送っているのだろうか。放課後、絶対に来いよ？　みたいな脅《おど》しだろうか……。

藤堂は怪訝《けげん》な顔をする。

「なんで敬語？」

「いや、意味はないです……」

藤堂は、大きく首をひねりながら、自分の席へ向かった。

回避成功だ。任務続行とする。

昼休み。

藤堂真白を中心とした、インテリギャルグループが、教室の窓際《まどぎわ》最後方にたむろしている。

俺の座席の背後である。ご存じの通り、先日、スマホを壊されたときと同じ構図でもある。開けているし、日当たりもいいし、複数人が立って話をするには、最高のスポットなのだろう。藤堂真白は、朝に引き続き、昼も常に笑顔を見せている。偏差値の高いギャル集団において、なお、誰よりも理知的でクールな対応をしている。

なぜそこまで背後の様子がわかるのか、って？

ゲームが暗転したタイミングのスマホのディスプレイは鏡のようになっていて、意図せずして背後が映るのだ。キモイとか言わないでくれ。俺が一番、わかってるから。

なんの前置きもなく、陽キャ男子集団が、後ろのドアから顔を出し、藤堂に絡《から》み始めた。

「藤堂さん～。いい加減、今度、合コン組んでくれよ～、モデル仲間の～」

なんだか失礼なやつである。

ギャル集団から「あっちいけ、バカザル、しっし」などと雑な扱いをされてはいるが、それだけで済んでいた。

藤堂も「あはは、まあ、奇跡が起こったらねー」と、適当に流してた。

まともに取り合っているのは、俺だけらしい。こういうタイプだから、人付き合いが下手《へた》なんだろうな。俺は一人で勝手に怒り、一人で勝手に落ち込んでいた。

「楽しみにしてるから！　おねがいねっ」という捨て台詞《ぜりふ》を残した男子。廊下から「お前、ほんとバカ」とか「よく話しかけられるよな、お前」とか「藤堂と釣り合うのなんて、雨宮《あまみや》とか西園寺《さいおんじ》レベルだろ」なんて声が聞こえる。

インテリギャルたちも「マシロもバカザルに絡まれて大変だよねえ」とか「マシロと釣り合うのなんて、ほぼゼロでしょ。モデル男子すらフッてるんだから」とか、「マシロは、女子だけと仲良くしてればいいよねっ」などと力説していた。

藤堂は「あはは……男子と話すのは嫌なわけじゃないしね……」などと愛想笑いをしている。気のせいだろうか。藤堂の視線を背中に感じた。こわい。振り返る勇気なんて、あるわけがないので、俺はスマホを置いて、寝ている振りをする。これぞ、現代の忍法である。ぐーぐー。目を閉じると、よくわかる。藤堂の言葉は、常に、誰かに、言い訳をしているみたいだった。まるで第三者に自分を説明している感じだ。

そんなことしなくていいのに、と心から思う。藤堂の世界は藤堂だけのものだ。

でも、きっと、違うんだろうな。それは俺の理論なんだろうな。そんなことを考えているからこそ、俺は友達がいないのかもしれない。

俺たちの世界は、同じ線で描かれているのに、まるで違う絵柄で構成されているのだな。目を瞑《つむ》り、藤堂の言葉を聞きながら、そんなふうに、考えた。

放課後。

教室に、人はほとんど残っていなかった。俺はどうしたものかと、椅子に座り続けていた。なぜなら、観察対象である藤堂真白が、いまだに教室に滞在していたからだ。

あちらも俺を気にかけてくれていたらしい。

スマホが振動した。音などするはずもないけれど、慎重に、ゆっくりと取り出した。

《ましろ：今日、どう？　色々勉強してきたから、少しだけ見てほしいんだけど》

同じ教室内にいるのに、今後の予定をメッセージで相談する、なんていうことは、人生で初めての経験だった。なんだか、いけないことをしている気持ちになる。

「ねえねえ、男子たちにカラオケ誘われてるんだけど、マシロも行かない？」

インテリギャルグループの女子生徒の声がした。どうやら藤堂を遊びに誘いたいらしい。

「あー、今日はダメなんだ。用事あるから」

「今日は、っていうか、今日も、でしょ～」

女子生徒の言葉に、藤堂を責めるニュアンスは感じられない。

「いつも、ごめんね？」

藤堂は、言いながら、手に持ったスマホにちらりと視線を向けた。俺の返信を待っているのだろうか。

藤堂の動きを見た女子生徒は、目を細めた。優れた観察眼を持っているようだ。

「なに、いまの目線。そんなに、スマホを気にしてるなんて、めずらしくない？」

「あ、いや、別に……？」

藤堂の歯切れは悪い。

「ちょっと……うそでしょ……」

「え？　うそって、なに」

「まさか、マシロ、彼氏できた……？」

「え……？」

驚きすぎだ。疑われる。

案《あん》の定《じょう》、女子生徒は声のトーンを変えた。

「そ、その反応……まじ？　モデル関係？　まさか例のイケメン男子モデルじゃないよね⁉

この前、一緒に仕事したんでしょ⁉　あ、あたしの推《お》しなのにっ」

女子生徒は、藤堂の両腕をがしっと掴む。

「ちょっと、ちょっと……」

藤堂は、前後にぐわんぐわんと揺さぶられていた。おもちゃみたいに、好き放題されている。

「落ち着いて！　そんなわけないでしょっ。仕事相手なんだし、ましてや彼氏なんて……」

女子生徒が、ふう、と息を吐く。

「わたしたち専用だったマシロのマシマロが奪われちゃう……」

「は？　マシロのマシマロってなに……？」

「それは、もちろん、これでしょ～？」

女子生徒がにやにやと藤堂に近寄った。藤堂は何かを察知したのか、数歩横にずれる。が、
逃げきれなかった。

「……ちょっと⁉」

「ここだっ！　えいっ！」

そんな声と共に、女子生徒が藤堂真白の体の前に手を突き出した……ようだ。二人の体勢と立ち位置が変わってしまったせいで、藤堂の後ろ姿しか見えなくなった。女子生徒の手の先に何があるかが、わからない。いや、わかる。でも、わからないことにする。

藤堂は「きゃっ」と体を抱きしめるようにして、一歩下がった。

「ど、どこさわってるのっ——犯罪だよ、これはっ」

「おお。思ったより、正確に押してしまった」

「バカっ」

「えへへ」

さすがに、そう言われても仕方がないだろう。女子生徒は悪びれていないが。

藤堂は、周囲を見渡すと、その過程で、ちらりとこちらを見た。俺と目が合う。藤堂の顔は真っ赤だった。遠くからでも、潤《うる》んだ瞳が見えた。耐えきれずに俺の方から視線をずらした。

藤堂は女子生徒に向き直った。

「ほかの人に見られたらどうするの……！」

「平気平気。誰もいないじゃん」

「黒木くんがいるでしょ……！」

「クロキ？　って、ああ、でも、別に平気でしょ。いつもスマホ見てるし」

おい、そこ。ナチュラルに致命傷くらわしてくるの、やめなさい。

俺は逃げるように教室を出た。

「あのね。黒木くんは、ああ見えて周囲を観察してるんだからね」なんて、藤堂の説明を背中で聞きながら。

＊

廊下に出た。生徒はぽつぽつと歩いているが、誰も、俺を気にしてなどいない。気楽だ。

昇降口に向かいながら、俺はスマホを手に取り、画面をタップした。そのままＬＩＭＥを開いて、返信する。なんだか、異様に疲れていた。

《ヨウ：悪い。今日はちょっと帰る。明日でいいかな》

ポケットにスマホをしまおうとすると、その前に返信が来た。

《ましろ：そっか。そしたら明日ぜったいね！　ひとりで練習しておく！》

真っすぐな言葉。なんの淀《よど》みもない、名が体《たい》を表すような、真っ白な感情。

ぽつりと呟《つぶや》く。

「俺なんかとゲームして、そんなに楽しいか……？」

自然と出た言葉は、純粋な疑問だった。茜とエスの深いため息が、耳元で聞こえた気がした。

ちなみに、その夜、こんなメッセージがスマホに届いた。

《ましろ：あのさ。今日、教室で、なんか見た？　放課後、こっち見てたよね》

瞬間、藤堂真白の胸元に伸びる手が思い出された。
俺は小さく頭を振って、正直に話す。
《ヨウ‥藤堂の背中しか見えなかったけど》
《ましろ‥そう？　ならいいんだ、おやすみなさい》
どうか変な夢を見ませんように、と願いながら俺は眠りについたのだった。

＊

毎日なにかしらの事件に巻き込まれている気はするが、その考えは、まだ甘かった。

昼休みのことである。俺は無事に購買部で、目当てのコッペパン（八〇円と九〇円）を二つと、パック牛乳（八〇円）を手に入れて、席に戻っていた。

教室は、いつもより静かだった。

俺の席の後ろをたまり場としているインテリ系ギャルグループは、いくつかのグループに分かれているようだった。

一部は食堂へ、一部は中庭へ。これはいつも通りの動きだろう。インテリグループは、弁当組も、中庭か食堂で食べている。

だが、今日は違った。あとの残りは――というか、最後の一人である藤堂真白は、俺の目の前に、立っていたのだった。なんだか、ご立腹されているように見えた。

「ねえ、黒木くん。最近、あたしのこと、観察してるよね？　なんで？」

「え？」

コッペパン（八〇円）の袋を開けていた俺は、突然の尋問《じんもん》に面食らう。

な、なぜバレているんだ？　完璧な作戦だったはずなのに。背中を冷たい汗が伝った。

「ねえ、黙ってないで、教えてよ」

万事休す。俺は黙秘権をつらぬくためにパンを口に突っ込んだ。

「ふ、ふが」

「なんで話しかけたあとに、わざわざコッペパンを口に詰め込んだの？」

「ふ、ふがあんふが」

ごめんなさい。

「謝ったので許してあげよう」

伝わるんだ……。

俺は、藤堂に見られながら、パンを必死に咀嚼《そしゃく》し、飲み下した。

「……いや、誤解なんだ」

「誤解？　見ていることを否定はしない、と。じゃあ、一体どういう誤解なのかな？」

藤堂は笑っているが、背後に『ぐごごご』と擬音が見える気がした。

「それは……ですね」

やばい。美人って、怒るとめっちゃ怖く見える。冷たく鋭い、つららの切っ先を首筋に当てられている気分だ。

悪いことはしていないはず。だが、正直に伝えるのも気後《きおく》れした。

考えた末に、俺はふたたびパンを口に突っ込んだ。

「ふが……」

「だから、なんで答える前にコッペパンを口に詰めるの……」

さすがの藤堂も困惑《こんわく》気味だ。

逃げるが勝ち。口にパンを詰め込むが勝ち——なんて考えていたときである。

遠くから声がした。どうやら藤堂にたびたび絡む男子グループのようだ。

「あれ、珍しいぞ。藤堂真白が一人でいる。昼飯、誘ってみない？」

「あほか。お前ごときチビザルと一緒に飯を食ってくれるわけがないだろ」

「つか、あの男子だれ？　なんで藤堂の前にいんの？　友達？」

「ああー？　いや、まったく知らん。だれだ、あれ」

とかなんとか、好き勝手言っている。

大したことがなくても、自分の話題が聞こえてしまうと、めっちゃ気まずいよな。

「……、……ふが」

気持ちが重くなって、俺は視線を下げた。あんなに詰め込んでも、平気だったパンが、いきなり口の中で、水分を奪い始めた。ぱさぱさとして、飲み込めない。

ちらり、と藤堂を盗み見た。

廊下の方に、さりげなく視線を向けていたが、その表情はどこか不満げに見えた。

こうして実際に目の当《ま》たりにしてみると、藤堂真白の人生のハードモードさがわかる。注目されるって、いやだ。見知らぬだれかの話題にされるって、つらい。

だれだよ、顔がいいと人生イージーモード！　とか言ったやつ。目立ちすぎて、トイレ行くのも観察されてるんだぞ。気が休まらないだろ、これ。

ふと、気がついた。それって、俺が昨日、藤堂に向けていた視線と同じじゃないか？　って。

そうか……。だから藤堂は、怒っていたのだろう。

仲間だとか言いながら、他の人間が向けるような視線を、向けられたから。俺は、勝手な人間だった。人にされて嫌なことを、自分がするのはやめましょう。小学生でも知ってることを、高校生にもなってしてしまった。

俺は、無理やり、口をからっぽにした。それから、藤堂へ頭を下げる。

「……すんません。見てました」

「ん」

唐突に俺が謝ると、藤堂真白は視線を戻し、小さく嘆息《たんそく》した。しかし、嫌な感じはしない。

もしかすると、それは、小さく笑ったのかもしれなかった。

いまだに廊下側から視線を感じる。男子グループが藤堂を狙っているのだろう。

俺はやっぱり気まずくなって、残りのコッペパンを口に装填《そうてん》した。なんたって、パンは二つあるのである。さっきのはいちごジャム。次は小倉クリーム。

藤堂がそんな俺を見て、言う。

「まーた、詰めちゃった。そのパン、そんなにうまいの？　食べたことないなぁ」

「ふが？」

「ね。ちょーだい」

「ふが？」

「だから、一口ちょーだい？」

「……んぐ？」

藤堂の手が伸びてきた。俺の顔へ。それから口が引っ張られるような感覚。まるで釣り針に引っかかった魚みたいに、俺の顔はひっぱられるので、逆方向へ力を入れる――と、突然、抵抗感は消えて、俺は軽くのけぞる。

「もーらい――もぐ」

数秒遅れで、理解した。藤堂は、俺の口からはみ出たコッペパンをちぎり取ると、あろうことか、それを自分の口に入れたのだ。

俺の時間が止まった。一部始終を見ていただろう廊下側の男子の会話も止まった。動いているのは、藤堂の小さい口だけだった。

「うーん、甘い。けど、たしかにうまいね。これ、いくら？」

口の端についたクリームを、藤堂は小さく舌を出して、舐《な》めとる。

俺はＵＦＯを目撃したような衝撃を受けながらも、なんとか答えた。

「は、はちじゅうえん……じゃなくて、小倉はきゅうじゅうえん……」

「やすいし、うまいし、最高か。でも食べすぎたら、困る体型になっちゃいそう――黒木くんも、気をつけてね？」

にっこりと笑う藤堂真白。

俺ときたら、おもちゃみたいにコクコクコクコクと首を揺らすだけ。

遠くから、男子生徒たちの混乱したような、興奮したような、声が聞こえてきたが――それは次第に遠のいた。

当の本人はなんでもない風に「じゃあ、わたしも、お昼たべてこよーっと」なんて立ち去る。

まるでハリケーンのような人間だった。

＊

藤堂が去ったあとのこと。

俺は、目に見えない何かから逃げるように、教室を飛び出した。それから一目散《いちもくさん》に、セーフティスポットを目指した。生徒が少ない、一人になれる場所のことだ。

今日は、中庭の端っこの、そのまた端っこの、美術室の裏側にある、よくわからない段差を選んだ。もちろん誰もいない。

俺は一人で、体育座りをして、空を見上げた。意味はない。

「きっつい……注目を浴びるの、きっつい……」

俺はおののいていた。人の目が怖い。噂話がつらい。見ざる聞かざる言わざるになりたい。

「今後、これがずっと続くのか……?」

藤堂真白に関わるということは、つまり、そういうことなのだろう。

皆から注目され、意識され、逃げる場所がない。パンひとかけら、俺からつまみあげるだけで、周囲の空気ごと、ぐちゃぐちゃにかき乱す存在。

「有名人って、まじで大変なんだなぁ……」

知っているつもりだったけど、理解をしていなかった。

「それにしても、さっきのパン……絶対、ウワサされてるよなぁ……いやだ……」

友達だろ、とか。彼氏なわけがないだろ、とか。ただの見間違いじゃないのか、とか。どうしたって釣り合わないだろ、とか。

「そんなの俺が一番知ってるっての……」

俺とアイツは友達じゃない。ゲームをするだけの仲間だ。

俺と藤堂に、ゲーム以外に接点はない。

「なのに、ここまで消耗してるのは……なんでだ?　藤堂が近づいてくるから……いや、こなくても疲れてるぞ、俺は」

藤堂が話しかけてこなくったって、俺は疲弊《ひへい》していた。

「そうか……。俺は別に……藤堂に疲れているわけじゃないのか……」

藤堂と二人きりのときは、もちろん緊張する場面はある。それでも、話は自然とできている。ゲームもできている。

「なのに、教室だと疲れる」

つまり、藤堂真白を包囲している視線や意識に巻き込まれて、一人で勝手に疲れているのだ。

「アイツも、もしかして、疲れてたりすんのかな……」

綺麗な笑顔が脳裏をよぎる。つくりもののように完璧だった。ゆえに真意が見えない。言い換えれば、傷口を隠しているようにも見えた。

「……うーん」

青い空と白い雲。絵本みたいな表現しか思い浮かばない平凡な日々。そこへ現れた灰金髪《アッシュブロンド》の異質な存在。俺とはなにもかもが違う、別世界のプレイヤー――でも、それは本当だろうか。本当に、俺と藤堂は別世界の人間なんだろうか。

「俺と藤堂の共通点、か」

それは、なんだろうか。一緒にゲームをしていれば、いずれ見えてくるのだろうか。

ずっと隠れていたかったはずなのに、一瞬で気が変わる。

藤堂の世界を、もう少しだけ見てみたいという、欲が生まれた。アイツは、なにを感じているのか。どうして俺に近づいてきたのだろうか。どういう思いから、ゲームにはまったのだろうか。

ヴヴッっとスマホが振動した。画面を見れば、昼休みも終わりかけの時間だった。

《ましろ：おーい？　もう昼休み終わるよー？　まさか、早退じゃないでしょうねー？　許しませんよ、そういうのは。それともお昼寝かな？》

思わず笑ってしまった。

「昼寝は、お前だろ」

スリーピングビューティー。おとぎ話のお姫様。

俺は王子様ではないけれど、手助けする小人の一人ぐらいにはなれるだろうか？

「教室、戻るか」

戻りたくなかったけれど、藤堂真白の日常へ触れたいならば、戻るしかない。

どこか遠く感じる場所で、チャイムが鳴っている。

昼休みが終わってしまったようだ。

ああ、遅刻決定だ。目立ちたくないのに――なんて考えている自分に『とはいえ、今日は手遅れなくらい目立っているだろ』などとツッコミを入れつつ、俺は教室に戻った。

駆け足で。

10 黒木陽×藤堂真白＝？

放課後。

開かずの屋上へと続く階段を、足音を消すように上っていく。

だが、その人物は俺がやってくることを感知していたかのように、椅子を横向きにして、体の正面を階段側へ向けるように座っていた。

階段を上っていき、だんだんと開けてくる俺の視界に、一番に入ってきたのは脚である。アイツはご存じなのだろうか。靴にも靴下にも底はあるが、スカートにはそれがない。俺は早々に視線を下げた。なんでこっちが気を遣《つか》わねばならないのだ、なんて言い訳がましいことを思いながら。

遠くから運動部の声が聞こえる。

日が照っていながらも、この狭い場所だけはどこよりも薄暗く、子供の頃に憧《あこが》れた秘密基地のようだ。

到来を待ちわびたように、少女——藤堂真白《とうどうましろ》は手招きをした。

「まってたよ、黒木《くろき》くん。はやく、しよ」

「……はいはい」

あたかも面倒くさそうな俺は、もしかすると誰よりもこの時間を楽しんでいるのかもしれなかった。

『コッペパンひとちぎり事件』と俺自《みずか》ら命名した、あの昼休みから、数日が経過していた。

俺と藤堂は、連日、ゲームをしていた。もちろん、放課後の階段踊り場でのみだ。それ以外に俺たち二人《ににん》パーティの居場所はない。

藤堂と一緒にゲームをしていて、二つ、驚いたことがある。

一つ目。藤堂のゲームセンスがけっこういい。

当初こそ、奇怪《きっかい》なダンスを踊っているかのようなキャラクターコントロールだったが、みるみるうちに成長した。

すごいな、と俺が褒《ほ》めると、「でしょー？　家でゲームできないぶん、動画見たりして、勉強してるからね！」とドヤ顔だ。

で、二つ目の驚き。

「こっちに弾《たま》あるぞ」

「おぉ！　ありがと～」

とか。

「ほら。回復」

「へへん。まだダメ食らってないから、余ってるもんね。だからいらない」

とか。

「藤堂さま……回復薬、わけていただけませんか……」

「おお。まさか、黒木くんを助ける日がくるなんて」

とか。

なんと、俺は藤堂と、まともに話をすることができていた。これまでも、それなりの会話はしていたつもりだったが、さらに上をいく成長だった。

もちろん力の差が縮まったわけではないけども、俺にとっては嬉しい誤算だった。


時間はアッという間に過ぎていく。階段踊り場に差し込む光は赤い。

「いや〜、今日もゲームしたなぁ！」

野球部員の金属バットがボールを捉《とら》えた音が、外から内へと響いてきた。膜の向こう側から聞こえるような、吹奏楽部の音出しが風に乗って、かすかに届く。藤堂真白が猫のように伸びをする。清涼飲料水のＣＭでも同じポーズをしていた。

俺は、無自覚に藤堂を見続けた。電車の中、流れては消えていく風景を眺めるように。

「……黒木くん。あんまり、そういうところ、ジロジロ見ちゃだめだよ」

藤堂は、いつからか、ジト目をこちらに向けていた。頬が少し赤い気がする。また怒らせてしまったのだろうか。

「ごめんなさい」

「すぐ謝る」

なにが面白かったのか、藤堂はくすくすと笑う。笑わせたのか、笑われたのかはわからないが、まあいいだろう。

ここ数日でわかったことがある。藤堂には変なごまかしはきかないし、そもそも素直に接したほうが機嫌がよくなるということ。

「で、黒木くんは、なんでわたしを見てたのかな」

逃がすつもりはないようだ。

俺は頭を下げた。白旗があれば、あげている。

「この前、ネットで藤堂のＣＭを見たんだ」

「へ……？」

藤堂は肩透かしを食らったような声を出す。

「その動画と、今の藤堂のポーズが、同じアングルだなって気がついただけだ」

「……見たの？」

「？　なにを」

俺が話している間に、藤堂はゆっくりと、顔をうつむけていった。今では表情は見えない。

「ＣＭ、見たの？」

一言一言が、重い。

「いや、はい、見たけど……?」

圧。圧を感じる。藤堂真白の背後に、グゴゴゴゴ、みたいな擬音が見える。

「つまり、検索したんだ?」

「え?」

「わたしの動画を検索したんだ?」

「それは……はい」

「なんで?」

「なんでっ、て」

犯罪でも、ないだろうに。俺の復唱にかぶせるように、藤堂は言う。

「なんで、わざわざわたしのCM検索したの? ってこと」

「あ」

た、たしかに。最新のCMならまだしも、過去の映像をわざわざ引っ張り出すなんて、興味がなければ行わないだろう。

言葉を選んでいると、藤堂は顔を上げた。その表情は、柔らかかった。

「怒ってるんじゃなくて……黒木くん、わたしに興味あるんだ? って思って」

話がややこしくなっても困るので、ここは素直に白状しておこう。

「ゲーム仲間として、興味が出た。でも、好きとか推《お》しとか、そういうのじゃないから、安心してくれ」

勘違いされたら、藤堂も迷惑だろうからな。

「え？　好き……？　推し……？」

藤堂がビクンと肩を跳ねさせた。その反応が予想外すぎて、俺も戸惑《とまど》う。

「え、いや、深い意味はないからな！」

「わ、わかってるよ！　そういうの迷惑だしっ」

「迷惑……」

ストーカー化するとか、思われてる……？

「あ、ごめんごめん！　言葉間違えた。だから泣きそうな顔しないで？」

「してない……」

してないよな……？

「わたし、学校でも、色々あるの。友達だと思って、話してたら、なんかちょっと違う感じになって……それで、ね？」

一瞬で、理解できた。漫画で見たことあるぞ、それ。現実であるとは思わなかったのは、俺の人生経験不足だろう。

「たしかに、藤堂なら、そうだろうな」

友達だと思っていたのに、告白されたりとか、誘われて二人きりにされたりとか。

そりゃ、されるか。このスペックなら、されないほうがおかしい。

「そのせいで、安易に連絡先の交換もできないし、しないと、なんか付き合い悪い感じになるし。普通の挨拶《あいさつ》とかで、声をかけられても、なんか疑っちゃうし」

「そりゃ、大変だ」

本当に心から同情した。一人ぼっちの俺だけど、悪いことばかりではないらしい。よいことかは、別として。

藤堂はふっと、肩の力を抜いた。

「だから、黒木くんには感謝してるの」

よくわからない話の流れだった。

「……？　俺が、無害だからか」

「というよりも、わたしが加害してから始まった関係だからね。こっちに理由があるってだけでも、安心できるでしょ？」

「うまいことを言ったつもりか」

壊れたスマホ。加害者、藤堂真白。被害者、黒木陽《よう》。本当にそうなのだろうか。

「冗談冗談。あのね――」

藤堂はそうして、俺の意図せぬ方向へ会話を進めた。

「わたし、趣味だけを理由に仲間ができたのって、初めてかもしれないんだ。本当に、すべてを自分で選んだ関係っていうことでしょ、それって」

性別に関係なく、自分とゲームの好みが合った相手が、たまたま俺だった。

それは、もしかすると――俺も同じように、初体験なのではないだろうか。

＊

藤堂の言葉は独り言のようだった。

「わたしも、色々あってさ。芸能界ってやつに入ったりしたけど、疲れちゃったし。そもそもお母さんが役者だったから、娘のわたしに、同じ道を歩かせたいみたいで」

「なるほど……」

よくわからないけど、そこまでイヤそうではないから、同意の上ではあるんだろう。夢ではないけど、目標ではある——といった感じだろうか。

「それでね、うちの家は、基本的にテレビゲームは禁止なの。特に、銃を撃ったり、血が出てきたり、人を殴ったり……暴力的なものは、映画でもダメかな」

「わからない意見ではない」

自分のことだと実感ができないけど、たとえば、茜《あかね》が流血・暴力表現を規制していないゲームをしてるときって、兄ながらちょっと心配だし。

藤堂は、口をとがらせた。

「でも、動画サイトで、お勧《すす》めに出てきたりすると、見ちゃうんだよね。実況とか」

「だよなあ。寝る前にクリックしちゃったりして、面白いと、寝不足になる」

「だよねっ」

嬉しそうな藤堂を見る限り、こういった話題を語る相手に飢えていたのだろう。

「ああいうの見てると、やりたくなるじゃん？　でもうちではできない……わけじゃないけど、バレたら終わりだから」

「だから、放課後、学校でやってたと」

頷《うなず》く藤堂は、俺を見た。

「でも、一人でやってても、よくわからないこと多かったし、なんか物足りなくて、一回、やめちゃったんだよね」

俺からの共感の意を感じたのか、藤堂はそのまま話し続けた。

「だから、黒木くんのスマホ画面見たとき、思ったの。『あ、学校で真面目《まじめ》にゲームしてる人いるじゃん、一緒にゲームしたい、教えてもらえないかな』って。でも、もう少しうまくなってからじゃないと、断られるだろうなあって」

そこまで聞いて、驚いた。

「じゃあ、俺がきっかけでスマホゲーム再開したのか？」

「そだよ？　もっとうまくなったら、黒木くんに直接、お願いするつもりだったよ」

どやぁ、と胸を張る藤堂。胸のあたりのボタンとボタンの間が開く。いちいち色々なことに気がつくくせに、そういう細かいところのガードが甘い。

俺は視線を奪われないように、必死に口を動かした。

「せっかく好きになったのに、家庭環境のせいで遊べないなんて」

まるでロミオとジュリエットのようだ、なんて。

「そ。マシロお姉さんは大変なのです」

「同い年だろうが」

「えっへん」

意味がわからないが、さらに胸を張る藤堂。勘弁しろ。うっすらと模様みたいな……花のテクスチャみたいなものが見えた気がするが、絶対に意識はしないと決意。

「まあ……その、なんだ」

居心地が悪くなり、首の後ろに手を当てたり、背筋を伸ばしたりした。

「藤堂がどんな気持ちでゲームをしてるかは知らないけど、お前が――」

「――『お前』ってイヤだな。『ましろちゃん』とか『まぁちゃん』って呼んでね？」

藤堂の軽口は気にせず進める。

「藤堂真白姉さんが、ゲームを好きだってことはよくわかるよ。だから、俺にできることがあれば言ってくれ。社交性はないけど」

「知ってる」

「……そして、あれだ、金もないし、才能もないし、愛想もないけど」

「そこまで言わなくても……きっとなにかあるよ、元気だして」

「つく」

可哀そうなものを見るような目を向けられているが、それでも進める。

「俺がなにか協力できることがあれば、するよ。ゲームなら、俺でも――」

そこまで口にして、気がつく。

そうだ。俺には何もない、なんて嘘だ。ゲームをうまくなることは、どこかで諦《あきら》めてしまっているかもしれないけれど、それでも、ゲームだけは毎日している。

捨てきれない、俺の中の熱い部分が、叫んでいる――俺にはゲームがある。

だから心から、自信を持って言えた。

「ゲームに関することなら、助けられると思う。時間をかけることだって、問題ない。俺はゲームが好きだからな。何時間でも、遊ぼう」

そうだ。俺はゲームが好きだ。強くなることばっかり追いかけていたと思ったが、最初の動機は単純だった。ゲームって面白い！　ただそれだけ。藤堂は、そんなことを俺に思い出させてくれたのだ。

「おお……」

藤堂は、まるで珍妙なオブジェを眺めるみたいに、俺を見つめた。灰金髪《アッシュブロンド》、白い肌、整った眉、筋の通った鼻、大きな目、黒い瞳、ピンク色の唇が言葉を紡《つむ》いだ。

「じゃあ、ひとつだけ、わたしのこと、助けてくれる……？」

「え？」

突然、しっとりとした雰囲気となる。藤堂の目が潤《うる》んでいる気がする。ちょっとだけ近づいてきた藤堂は、唇を少しだけ噛んでから、言った。

「黒木くんの部屋で、ゲーミングパソコン触らせてくれない……？」

　つまり俺の部屋に遊びに来るってことだ。

「それは、無理です……」

「ええ⁉　黒木くんの、嘘つき！　助けてくれるって言ったじゃんっ！　たすけてよぉ！」

「いやいやいや、そういうことじゃないんだよ⁉　だいたい、なんでゲームをさせることが助けることになるんだよっ」

「わたしの、ストレス発散？」

「人の家でストレスを発散するな」

「人の家じゃなくて、黒木くんの部屋だってば」

「同じだろうがっ」

「あ、わかった。お金なら、払うから。電気代」

「そういうことじゃない」

「うそ……体で払えってこと……？」

「もうやだ……」

　どこかからレベルアップの音が聞こえた気がした……のは、もちろん気のせいだろう。

11　宿屋で休みますか？

突然だった。金曜の夜だった。

その日は、藤堂《とうどう》から『放課後、遊べないんだ……ごめんね』なんて、しょぼくれた感じのLIMEメッセージが、一方的に届いていた。

俺としては、特に問題はないのだが、藤堂からすれば残念なことなのだろう。その事実に、少し鼻高々……になれるほどの器《うつわ》の大きさは、俺には存在せず、ただただ、メッセージに対して、それっぽいスタンプを返すだけだった。

そんな日の夜に、スマホが鳴動したというわけだ。

通知には『ましろからメッセージが届いています』とある。LIMEメッセージだった。

そのお知らせに、俺がどれだけビクリとしているか、教えてやりたい。機械は、簡単に言ってくれるが、

《ましろ：ねえ、明日、時間あります？　ありませんか？》

「デスゲームの始まりみたいなメッセージだった……」

明日は暇《ひま》である。ゲームをするだけの土曜日だった。というか、毎週そうである。

《ヨウ：時間ならある》

すぐに既読がついた。

《ましろ：やった！　なら朝、十時ね！　駅前の喫茶店で待ってる！　住所はここ！　よろしく！　ぜったいにきてね！　まってるから！》

「どういうことだよ……？」

わからないことだらけだったが、わかることもあった。

きっと、二人でゲームをするのだろう。

＊

翌日は、気持ちがいいほどの快晴だった。

やけに早く目が覚めた。いつもなら二度寝は余裕なのに、目を閉じても寝付けなかった。

外からスズメの鳴き声が聞こえる。ベッドから降りて、カーテンをさっと開いた。

今日、俺は藤堂と待ち合わせをしている。

「ぜんぜん、余裕だ」

自分で言っておいてなんだが、余裕は見られない。

時計を見る。朝五時半。早く起きすぎた。待ち合わせまで、四時間半もあるが……まあ、遅刻するのは失礼だから、問題はないだろう。俺は自分を正当化しつつ、外階段を下りて一階の洗面所へ向かった。

心なし生ぬるい水で顔を洗ってから、顔を上げた。鏡に映る自分と、見つめ合う。うん。今日も目つきが悪くて、不機嫌そうだ。藤堂真白《ましろ》がこの横に立ったら、ヒロインとエキストラという感じ。もしくは、主人公と犯人役か。どちらにせよ対極的。

だが、そんな俺たちは、待ち合わせをしている。どうせ、二人でゲームをするだけなのだろうが、喫茶店に呼び出されるというのは新鮮だった。

「喫茶店で待ち合わせか……」

まるで特別な関係みたいだ。クラスメイトに見られたら、噂になりはしないだろうか。

「いや、気にしすぎだろ」

そもそも、藤堂から誘ってくれたんだしな。

鏡の中の俺も、目つきは悪いながら、賛同してくれているようだった。

「まあ、せめて、笑顔の練習でもしておくか……」

愛想さえよければ、人間関係、どうにかなるものだろう。俺だって、中学生までは、人並みに友達付き合いをしていたのだ。あの時の感覚を思い出そう。

ちょっと、笑顔。すごい、笑顔。肯定《こうてい》の笑顔。賛同するみたいな、微笑み――。

「え、な、なにしてるの」

突然、背後から声がした。遅れて、鏡の中に茜《あかね》の顔が小さく映った。

「にいに……なんで笑ってるの……？　つらいことあるなら、話、聞こうか……？」

キモッ、と言われた方がまだマシだった。

俺は喉《のど》を鳴らしながら、体裁《ていさい》を取り繕《つくろ》う。

「我が妹。ずいぶんと早起きだな。俺も早起きなんだけども……」

「いや、今から寝るんだよ。こっちから言わせれば、金曜の夜に随分《ずいぶん》早く寝たね、にいに」

お嬢様学校に通うゲーム廃人に、普通を求めちゃいけないいんだった。

「そうか。そうだよな、俺は早寝をしてみた、うん。それ以外に、意味はない……」

茜は、猫のように目をこすっていたが、手をぴたりと止めた。眠そうだった瞳が、ギンッと開く。まるで獲物を見つけた、野良猫だ。

「え、なに、その反応。にいに、わざわざ早起きするために早く寝たってこと？」

「別にそんなことは言ってはいない。決して違うぞ」

ラジオ体操の動きでごまかしてみた。

だが、優秀な妹は、部屋の隅に幽霊を見つけた黒猫みたいに、俺を見つめた。

「まさか、女と待ち合わせ……？」

うっ、と言葉に詰まる。

茜は心配そうに眉を下げた。

「そんなぁ、にいに、正気なの……？」

「正気だよ……」

「だって、それが本当だとしたら、絶対に……」

茜が一歩、近づいてきた。俺は思わず、唾《つば》を飲み込んだ。

「な、なんだよ」

茜は、自信満々に、大きく頷《うなず》いた。

「ぜったいに、美人局《つつもたせ》だよ。止めても行くだろうから、お金とか、身分証明書とかは、置いて出かけるんだよ」

「なっ」

「にゃはは～、にいにって単純すぎ～」

茜は表情を一変させると、けらけらと笑いながら冷蔵庫のほうへ歩いていく。完全に兄をバカにしている。

俺は鏡を見る。情けない兄の姿が映っていた。

「え、笑顔、笑顔……」

それでも、洗面台に笑いかける男子高校生一名。


指定された喫茶店は、ゴーグルマップ通りに進むと、すぐに見つかった。七《なな》穂《ほ》市の中心に位置する七穂駅から、北西に十数分歩いた場所だった。

約束の時間――五分前。手に持ったスマホから「目的地に到着しました」との音声。

表通りから外れた脇道に位置する店だったが、日当たりはよく、雰囲気は悪くない。レンガ調の壁。木枠の窓が四つついているが、レースのカーテンがかけてあり、外から、店内を見ることはできなかった。

初めての店は、いつだって緊張する。しかし、時間は差し迫っている。しっかりとした木製のドアを押し開くと、ベルがカランコロンと鳴った。

「失礼しまーす……」

顔をドアの隙間《すきま》に差し入れるようにして、入店。ファミレスであれば、店員が飛んできそうなものだが、今は誰の反応もなかった。

店内には、クラシカルな雰囲気が漂っている。内装は濃い茶系を中心に構成されている。カウンター席が、八つ。ボックス席は、パーテーションを挟んで三つ……だろうか。細長い造りで、入り口からでは最奥《さいおう》まで見えない。

カウンター席に客はいなかった。藤堂は来ているのだろうか？

「いらっしゃいませ」と男性の低い声。

中年の男性だ。マスターなのだろうか。無精ひげが目についたが、不潔な印象はない。どこぞの私立探偵のような風貌。身長は高く、喫茶店のマスターらしい黒基調のユニフォームを身に着けている。

男性は、俺をちらりと見ると、なぜだか一瞬、眉をひそめた。

後ずさりをしそうになったところで「あ、こっちこっち！」と声がした。見れば一番奥のボックス席の脇から、藤堂が顔を出して手招きしていた。

本来なら、絹のような髪が垂れ下がりそうなものだが、今日はポニーテールにキャップをかぶっているようで、しっぽみたいな髪がゆらゆらと揺れるだけだった。

「あ、はい。いま行きます……」

面接官に名前を呼ばれたような緊張感を覚えながら、俺は店内に足を踏み入れた。マスターの視線を感じながら、狭い通路を行く。

席までたどり着くと、俺は強烈な違和感を覚えた。

藤堂の瞳が、青い。

「……？」

「ああ、これ？」

藤堂は目元を指した。まず、そこには眼鏡があった。

「これ、伊達《だて》メガネ。プライベートでは変装する癖《くせ》がついてまして」

へへ、と悪そうに笑う。

俺は上手に返答ができなかった。なぜ、目が青いのだろうか。チープな表現だが、まるで宝石のようだった。

突っ立ったままの俺へ、藤堂は言う。答えがわかっているような質問の仕方だった。

「なんで見つめてくるの」

「あ、いや、その目……」

藤堂は自分の目を指さした。

「これね。自前の青色なの」

まじかよ。灰金髪《アッシュブロンド》のほかに、そんなものまで隠していたのか。

俺は驚きのあまり、正直に伝えてしまう。

「ゲームのキャラみたいに綺麗な目だな……」

「え？」

藤堂は、ぽかんとしたようだ。

店内には、昔の洋楽だと思われる歌が流れていたが、サビに入っても藤堂は、動かなかった。

と思いきや、停電が復旧するみたいに突然「あははっ」と大きく笑い始めた。

酸素が足りないのか、藤堂の顔はみるみるうちに真っ赤になった。

「笑いすぎじゃない……？」

「いや、ご、ごめん。そんな風に表現されたの初めてだったし、黒木《くろき》くんらしいなって」

「あ、そうですか……」

なんだか、レベルの違いを見せつけられたみたいで、一気に冷静になった。俺はボックス席の対面に座る。

藤堂は俺に言った。

「表現力をさ、褒《ほ》めてるんだよ？」

「はいはい」

絶対に嘘だ。

藤堂は肩をすくめた。

「じゃあ、ついでに、わたしの私服も褒めてみて？」

なんだ、その高難易度クエストは——と思いつつも、引くに引けず、俺は、身を引いて、全体像を見せようとする、藤堂を観察した。

黒のタンクトップに、オーバーサイズの長い白シャツ。そして、デニムの短めのスカート。あと、黒いキャップに、黒ぶちのメガネ。

センスがいいかはわからないが、とにかく似合っている。だが、それ以上の評価が、出てこない。俺の中に、ファッションに対する語彙《ごい》は存在しないのだ。一言でいえば、ファッション誌から飛び出してきたようだった。

第一、どんなに様々なものを並べても、青い瞳が、すべてをかっさらってしまう。雲一つない青空のように美しい青色に、俺の思考は乱されている。

藤堂は、すべてを見透かしているかのように、表情を和《やわ》らげた。

「ま、服なんか褒めるより、目の色が気になるよね。これは、生まれつきなの。髪と一緒」

「髪と違って、隠してるんだな？」

少なくとも、学校での藤堂の瞳は黒色だった。

藤堂は口をとがらせた。

「カラコンつけてるの。ほんとは青色でもいいんだけど、いちいち噂されたり、逆にカラコンを疑われたり……面倒なんだよね。そういうの。わたしの普通を、いちいち他人に『これが普通だよー』って説明しなきゃいけないの、おかしいって思って」

おかしい、という点に俺は同意した。

「自分を否定された気になるかもな」

イヤそうに話をしていた藤堂は、一転して、嬉しそうに頬を緩《ゆる》めた。

「そうそう、さすが黒木くん。わたしが見込んだ仲間だ」

「いろいろと大変そうだ」

「うーん。小学生の頃からつけてたから、もう、慣れちゃったな」

それにしても、信じられないほど美しい瞳だ。いつまでも見ていられる。

藤堂が小さく叫んだ。

「ちょっと、なんで少しずつ近づいてくるの⁉　怖いんですけどっ」

俺は浮かしかけていた腰と、前傾気味だった姿勢を正した。

「すみません……」

いつも通りの謝罪を口にしたところで、頭上から声が落ちてきた。

「ご注文は？」

見上げると、例のマスターらしき中年男性が立っていた。なんか、睨《にら》まれている気がする。

俺は藤堂を見た。ただの救援依頼である。だが、慣れているのか、マスターの威圧には無関心だった。

唐突に、藤堂はマスターを指さした。

「安心して、黒木くん。この人は、わたしの裸を見たことがあるの。そういう関係です。変な意味ではないけど」

「はだかっ⁉」

反射的に男性を見ると、焦《あせ》ってもいないし、怒ってもいないようだった。藤堂も、ツンとすまし顔。真っ赤な顔は、俺だけだ。

男性は小さく嘆息《たんそく》すると、首を左右に振る。

「誤解されるようなこと言うな。客がいたらどうすんだ、警察呼ばれるだろうが」

「わたしたちも、客ですけどー。警察も呼べますけどー」

「姪《めい》は客じゃねえ。親族だ」

「相手もいますけどー」

「姪のボーイフレンドも客じゃねえ」

男性の反論に、藤堂は焦ったように、机を叩いた。

「ボーイフレンドじゃないしっ、ゲーム仲間だしっ」

「ゲーム？」

男性は眉をしかめた。つられるように、俺も首をひねった。

「姪……？」

二人の視線が集まる。真正面に二人の顔が並ぶ。あ、なんかこの二人、目元が似てる……？

俺はおそるおそる言ってみた。

「つまり、ここって藤堂のおじさんのお店？」

藤堂はメニューを見ながら言う。

「そゆこと。この人は、わたしのお母さんの弟。小さい頃、裸を見られた、おじさまです」

マスターこと、叔父《おじ》さまの声音に変化はない。

「ガキがなに言ってんた。職がねえときに、ベビーシッターしただけだろうが。お前がおもらししたときにパンツを洗ってやった恩を忘れるんじゃねえ」

「ちょ、ちょっと⁉　なに言ってんの⁉　おもらしなんてしてないからっ、してないからね、黒木くんっ」

藤堂は、両者にせわしなく顔を向けた。怒ったり、焦ったり、忙しそうだった。

マスターは、楽しそうに口角を上げた。

「なんだなんだ、初々《ういうい》しい反応だねえ」

藤堂は、どこか子供っぽく、口をとがらせる。

「うっさいっ」

「で、お嬢さん、ご注文は」

「カフェラテのケーキセット！　黒木くんもそれでいいよねっ」

「ああ、うん……」

メニュー見てる余裕なんてないし。

「かしこまりました、ごゆっくりどうぞ」

藤堂の叔父さんは、そう言ってから、俺を一瞥《いちべつ》した。あきらかな営業スマイルだったが、視線は鋭かった。

俺は小声で尋《たず》ねる。

「な、なあ。うるさくしたから、おじさん怒ってるのかな……？」

藤堂の大きめの声。

「え？　いつものことだよ。またどうせギャンブルで負けたんじゃない？　才能ないのにね！」

遠くから声。

「聞こえてるぞ」

「聞こえるように言いましたぁ」

「可愛げがないねえ。彼氏を連れてきたと思ったら、この態度だよ。ふられちまえ」

「か、彼氏じゃないしっ！　さっきも言ったっ」

藤堂は反論と共に、勢いよく立ち上がろうとした。ガン、とテーブルが揺れた。角に腿《もも》をぶつけてしまったようだ。

「くぅ……っ」

一瞬だけ痛そうだったが、藤堂は中腰のまま「黒木くんもなんか言ってよ！　付き合ってないもんね、わたしたち」などと騒いでいる。

先ほどまで静かだった店内は、一気に騒々しくなった。

どうしたって、俺の思考はまとまらない。騒がしいのも理由の一つだが、大部分は、視覚の問題だった。目の前に太腿が見えている。藤堂のスカートが、勢いよく立ち上がったせいなのか、ずり上がっている気もする。

「……藤堂、座ったほうがいい」

「え？　なに」

「とにかく座ってくれ」

「え、いきなり、なに」

俺は視線で、示してみせた。

「スカート、ちょっと、その、ずれてる」

「え？　あ――あっ」

ふたたびテーブルに衝撃。勢いよく藤堂が座ったから。

「み、見えてないでしょ。わたし、そういう角度とか、結構、客観視して確認してるから。昔、盗撮とかされたし、対策万全なのっ、だから見えてないっ」

「もちろん見えてない。だから落ち着いてくれ」

そこまで慌《あわ》てられると、本当は見えていたみたいじゃないか。

藤堂はあさっての方を見ながら、さも気にしていないように言った。

「落ち着いてるし？　落ち着いておりますし？」

なんだ、その口調。藤堂は、どこかおかしかった。そういえば、高校で会うときよりも、精神年齢が幼いというか、地《じ》が見えているというか。

やはり、学校の中では、色々と気を遣《つか》っているんだなぁ、と納得した。

「なんで、頷《うなず》いてるの、黒木くん」

「いや、藤堂も大変なんだなぁ、と思って」

「なんだか下に見られている気がする……誕生日、わたしのほうが、早いのに」

「そんなことない。俺はいつだってバカにされる側だ」

藤堂が口をとがらせたので、否定しておく。

「そういうの、自信満々に言うことじゃないと思うの……」

俺は首を横に振りながら、無自覚に、スマホを取り出した。そろそろ、ゲームをするタイミングだと思ったのだ。

すると、藤堂もスマホを取り出していた。

やっぱり、このくらいの会話を交わしたあと、ゲームをするよな。いつもそうだから、今日もそうだった。ただそれだけのことだけど、なんだか、やっぱり、藤堂を理解できている気がして誇らしくなる。

「ふふん」と俺が鼻息を荒くすると、藤堂は胡散臭《うさんくさ》そうにこちらを見た。説明できることでもないので、まあ、いい。

向かい合う俺たち。互いの手の中のスマホでは、すでにゲームが起動していた。

いつもとは違う場所で、俺たちはなにを言うでもなく、これから同じゲームを始める。こうなってしまえば、どこであろうとも、俺たちは対等だった。

俺は、藤堂へ劣等感を持っているのだろう。それは否定できない。現実でも、教室でも、格差を感じている。

それでも、ゲームを前にしているときだけは、俺たちは肩を並べて、はしゃげるのだ。

藤堂は、ゲームをするときだけに見せる、いたずらっ子のような笑みを、向けてきた。

「さ、気を取り直して——まずはゲームしよ、黒木くん」

それから、藤堂はドラマのワンシーンみたいに、自然なウインクを見せてきた。

軽口を叩こうと思ったが、青い瞳が俺の心をわしづかみにした。

おいおい、黒木陽《よう》。

対等じゃなかったのか？

それとも、なにか別の関係が始まろうとしているっていうのだろうか——なんて、そんなこと、あるわけがない。

それから俺たちは、日が暮れるまで、店に長居し、ゲームをし続けた。

12　ルート分岐

光陰矢の如《ごと》しなんて、難しい言葉を使いたくなるくらいに、日常が光のように過ぎていく。

藤堂《とうどう》と二人で、叔父《おじ》さんの喫茶店でゲームをしてから、すでに二週間程度が経過していた。

七月に入ると気温も上がり、夏休み前のそわそわ感が校内に漂う。

俺と藤堂はといえば、関係性を変えることなく、一緒にゲームをしていた。

教室では、ただのクラスメイト。しかし、階段踊り場ではゲーム仲間。誰に遠慮するでもなく、二人だけの空間で、好きなことを言い合う。

おれたちの間柄を知る生徒は一人もいない。気楽でいい、と思っていたら事件は起きた。

『高校生』の代名詞は『青春』らしい。

何をしても青春なのだ。勉強をしても、部活に出ても、遊びに行っても、ラーメンを食べても、喧嘩をしても、仲直りをしても、全てが青春ってやつに置き換わる。

昼休みの教室。インテリギャルグループを狙う男子生徒が、たった一人で乗り込んでくることも青春。そして、そういう会話は俺の席の真後ろじゃなくて別の場所でしてくれないかな……、と思っている俺の姿も青春——であるわけがなかった。ただただ、肩身が狭いだけだ。

テンションがやたらと高い男子生徒は、さっきから似たような言葉ばかり口にしている。夏休みに、女子たちを遊びに誘い出したいようだった。

「なあなあ。せっかくの夏休みだぞ？　海とかプールとか、行く予定ないの？　俺らのグループと一日ぐらい遊ぼうぜ～、俺、おごっちゃうからさあ！」

青いインナーカラーを入れたショートカット白ギャルが、クールなテンションで拒否した。

「うっさいよ、サルワタリ。しつこい猿は嫌われるからね」

『猿』と呼ばれている男子生徒の顔は、たしかに猿っぽさがある。だが、悪口でもなんでもなく、名前の一文字を抜いただけらしい。

猿渡《サルワタリ》とやらが、嬉々として、言い返した。

「サルワタリじゃねえよ、サワタリだ」

「どっちにしろ、猿でしょ、おサル」

「うきーっ」

男子生徒は、いじられて、嬉しそうだった。そっち系の人なのだろうか。

おそらく四組の奴だ。廊下から、教室内を覗《のぞ》いては、女子に声をかけている。イケメンというわけではないのだろうが、俺からしたら勇者みたいな度胸の持ち主だった。

アッシュ系ロングウェーブヘアの女子生徒がダメ押しの攻撃をした。

「だいいち、サルと海になんか行くわけないでしょ。うちら彼氏持ちもいるし、むりむり」

「いいじゃん、友達同士なんだから、彼氏いてもさ！　二人きりじゃないし、同学年グループなんだから、浮気でもないだろ」

「鼻の下伸ばして言うセリフじゃないでしょ。あんたどうせ、水着目当てなんだし」

俺なら、言葉に詰まりそうな指摘だったが、勇者はひらりと避けてみせた。

「ちがいますぅ、高校生らしい青春を送りたいだけですぅ」

わいわいと騒がしいが、藤堂の声はひとつも聞こえなかった。これだけ二人で遊んでいると、教室内で、声を聞き分けられるようになっていた。不要な特技だ。

さて。青春は永遠ではなく、時間制限がつきものだ。休み時間もあとわずかだったが、男子の旗色は悪かった。

そこで、一発逆転を狙ったのか、猿渡《さわたり》は戦場での常套《じょうとう》手段を使ってきた。

「なあなあ、藤堂さんもそう思わない？　一日ぐらい、交友関係広げるためのお出かけしたって罰は当たらないよ？　な？　な？」

敵陣を突き抜けて、直接、敵将を狙ってきた。

藤堂はなんと答えるのだろうか。俺はスマホをいじる振りをしていたが、すでに意味のある行動ではなかった。

「え、うーん？　そうだなぁ」と藤堂の声が聞こえる。

周囲をうかがうような空気感だが、ギャルグループからの助け船はない。

猿渡だけが、嬉しそうに話を続けた。

「当然、カッコイイやつも呼ぶからさ。たとえば、雨宮《あまみや》とか、あと、西園寺《さいおんじ》だって呼ぶぞ。何の才能もない俺だが、伝手《つて》だけはあるからな。どうだ、すごいだろ」

猿渡の提案に反応したのは、藤堂ではなかった。他の女子たちである。

「え、ほんと？　雨宮くんと西園寺くん、呼べるの？　あんなに忙しそうなのに？」

「いや、呼ぶ。絶対、呼ぶ。だから、な？　行こうぜ、海。他にも呼びたいやつがいたら、俺が確実に誘うから！　この通り！　俺にお前らの水着を見せてくれよっ」

勇者が欲望ばらしちゃった。俺は頭を抱《かか》えそうになったが、女子たちは、イケメンたちの話に夢中らしかった。空気も変わり、まんざらでもない感じになっている。

こうなると藤堂もきついだろうな。周囲に合わせることが多そうだから、逃げられないだろう。だが、しかたがない。それが藤堂の選んだ処世術なんだから。

話は、俺の予想通りの方向へ進んだ。

藤堂の声がした。

「本当にみんなで行くなら、夏休み、時間作れると思う」

藤堂は運命を受け入れたようだ。いつしか言っていたように、友達を自称する男子への警戒はあるようだが、グループなら問題ないと判断したのだろう。

「まじ⁉　やった！　藤堂さん、絶対、約束な⁉」

勇者の勝利だった。世界は平和になり、これで俺の席周辺も静かになる。

授業が始まる前にトイレへ行きたいところだったが、まあいい。このタイミングで行くのも気まずいし、俺は前だけを見て、昼休みの終了を待つ。

だから、藤堂がどんな表情をしているのかもわからなかった。

「猿渡くん。海へ行くにあたって、ひとつ、わたしも条件だしていい？」

藤堂の声だ。なぜか、決意に満ちているようだった。

「ひとつでも、ふたつでもいいぜ！」

作戦成功のためか、猿渡のテンションは最高潮で、なんでも聞き入れてしまいそうだった。

「よかった。わたしも一人、連れていきたい友達がいるんだけど」

「もちろんオッケー！」

「ありがと。じゃあいいよ、海は絶対に行く」

藤堂の陥落に『わたしはどうしようかな』なんて言っていた女子生徒も『マシロもいくなら、いく～』とか言い始めている。民衆の運命を変える女だ。

猿渡が続けた。

「で、藤堂さんは誰を連れていきたいの？　みんなの日程調整に入るから教えておいてよ。LIMEでグループ組むからよろしく」

言うや否《いな》や、猿渡は女子たちに声をかけながら、あっという間にグループを作成したらしい。

もはやプロ級の手並みだった。ゲーマーにも、こういうタイプはいるが、俺には縁がない。

藤堂の提案はあっけなく認められ、皆の意識はすでに海へ向いているようだった。俺だって、別のことを考えていた。

そんな中、藤堂は「あー」と言った。それから「うーん」と続けた。

映画監督が「カット！」と叫んだように、時間が停止した。

その瞬間、イヤな予感がした。俺にはわかる。藤堂は、このあと、流れから逸脱するような理解しがたい発言をする。

「連れてくのは、この人」

藤堂の、どこかたどたどしい声がした。幼女が『このおもちゃ、ほしい』とねだるような感じだ。言いづらさと恥ずかしさと、しかし絶対に欲しいという確固たる意志。

次の言葉を待ったが、俺の耳には入ってこない。というより、藤堂だけではなく、他の生徒の声も聞こえない。なんなら藤堂の動向を注視していた教室内の生徒全員が静かだ——そして、俺は、どうしたことか、四方八方から視線を感じていた。

猛烈にイヤな予感がする。いや、予感ではない。これはもう現実だ。

俺は意を決して、おそるおそる振り返った。

皆が、藤堂を見ていた。いや、藤堂の細い指先を見ていた。

真っ白な肌。その手、そして細い指先。それが一本、立てられている。人差し指が何かを示していた。向いている先には——俺がいた。

藤堂は俺を見ていた。俺も藤堂を見てしまった。目が合う。テレパシーなんて使えないはずなのに、俺には藤堂の声がはっきりと聞こえていた。

「ＬＩＭＥの海グループ、黒木《くろき》くんも追加でよろしくね。誘いたいの、彼だから」

おじょうちゃん？　ひとをゆびさしちゃいけませんよ――そんな軽口を言う余裕はなかった。

皆が無言となる中、サルと呼ばれていた男子が言った。

「え？　なんで？」

それは俺の台詞《せりふ》だ。奪わないでくれ。

＊

壮絶な昼休みを経《へ》て、ようやくたどり着いた放課後。

俺と藤堂は、いつものように、机を挟んで向かい合わせにした椅子に座っていた。だが、ゲームはしておらず、もっぱら昼休みの話をしていた。

「どういうことだよ、藤堂……！」

藤堂は、困ったような顔をするばかりだ。悪気はあったわけではないが、言われてもしかたない――そんな心持ちなのだろうか。

「いや、ノリっていうか、なんていうか……黒木くん、さっきから怒ってる？」

「怒っているわけではないけど、驚くだろ」

俺だけではなく、周囲だって驚いていた。

「なら、よかった」

「なんで」

「怒ってないなら、よかったってこと」

「……まあ、怒ってはいない。焦《あせ》ったけど」

藤堂の、ほっとしたような表情は、癒《いや》し効果満点だった。言葉が出ずに、困る。

俺が怒ったって、たいした圧力にもならないだろうに……。

「焦ったかもだけど、同級生同士で海に行くのって、そこまでおかしいことじゃないでしょ？」

にこりと笑う藤堂真白《ましろ》に、どきりとしたのがバレないように、俺は小さく咳《せき》をした。

ゲームをする場所のはずが、今や二人が内緒話をする空間へと変貌していた。

「おかしくはないけど、緊張はするだろ……」

藤堂は、不可解な表情を見せた。

「緊張……？　同じ年だし、クラスメイト中心だよ……？」

藤堂の頭のうえに、イヤミのないクエスチョンマークが浮かんでいた。

俺は精一杯、反論した。

「クラスメイトなんて、他人も同然だ。猿渡？　とやらに至っては、話したこともないし、名前も今日知ったんだぞ」

「でも、わたしたちは仲間でしょ」

「たしかに、ゲーム仲間だけども」

「なら知らない人ばかりじゃないでしょ。海に行っても、二人で遊べばよくない？」

俺の心臓はドクンと跳ねた。なんて単純な男なのだろうか。

俺はすべての思考を一度放棄することにした。考えるのは、一人のときでいい。

「……逆に、藤堂は平気なのか」

「平気って、なにが？　まさか水着の用意とか……？　うわ、普通、女子にそういうこと、聞くかな」

藤堂は、自分の身を守るように、両腕を胸の前で交差させて体を抱いた。

「そ、そういうことじゃない。決して、ない。有名人が、人の多い海とかに行っても平気なのかってことだよ。大騒ぎになったりするんじゃないのか」

「ああ、そういうこと……」

藤堂が、ばかばかしいというように嘆息《たんそく》した。

「あのさ、黒木くん。わたし、そんなに有名じゃないよ？　たった一回、ＣＭに出ただけじゃん。それ以外は、たまに雑誌のモデルしてるぐらいだけど、専属でもないから毎月でもないし。そんなに気づかれないって。ＳＮＳも、フォローしてるだけで見てない人、たくさんいるし」

いや、一度でもＣＭに出てたらすごいだろ。雑誌にモデルとして出てる時点で有名だろ。ＳＮＳのフォロワーが何人いると思ってんだ――言い返そうとしたが、藤堂の表情を見て、やめた。

藤堂はつまらなそうな表情で机に肘《ひじ》をつくと、手の平に顎《あご》を乗せた。

「なんか、みんな、わたしのこと誤解してるよ。そんなに大した人間じゃないって。ただの高校生だよ」

外から、部活動をしている生徒の掛け声や、帰宅する生徒などの騒ぐ声が聞こえる。日常だ。

藤堂も、その一部でしかない。世界的な有名人だって、ただの人間だと言われたら、その通り。

特別視しているのは、周囲であって、本人ではない。一枚の風景画の、どこに中心点を置くかなんて、鑑賞する人間が決めることだ。人間関係は、数式ではないのだから。

そろそろチャイムが鳴る頃だろう。学校の中で見る藤堂は、たしかに高校生であり、階段踊り場で見る彼女は、ただのゲーム仲間だった。

俺は、心の中が落ち着いていくのを、実感していた。

「まあ……そうだな。たしかにここにいると、ゲーム好き女子ってだけだな。藤堂は、俺にとっての日常だ。別世界の人間じゃあ、ない」

手が届かない高嶺《たかね》の花だなんて、誰が言った？　それは、俺だった。なら、それを壊すのも、俺自身だ。

藤堂は目を丸くして、それから一転、表情を明るくした。

「そうそう！　世間で言うところの、ゲーム好きＪＫってだけなの、わたしはさ！　わかってるじゃん、黒木くーんっ」

いきなり元気になった藤堂は、前傾しつつ、俺の二の腕あたりをぺしぺし叩いてきた。

「藤堂家のルールを教えてあげるよ、黒木くん」

「ひとつは知ってるよ。『ゲーム禁止』だろ」

「くうぅ、泣けるよね……」

「俺なら生きていけないな」

酸素がないのと、同じこと。

「ということは、黒木くんが、わたしの部屋に遊びに来たら死んでしまう……？」

「……二つ目はなんなんだ？」

こわっ⁉　すげえ怖い爆弾なげてきたよ⁉

藤堂は指を二つ折った。

「テストの点数がよければ、禁止されているようなことでも、色々とお許しが出るんだ。ゲーム以外は、だけど」

「テストか……」

聞きたくない単語であるが、学生は、どうしたって逃げられない。夏休みの前に、中間テストが実施される。先日終わったばかりなので、答案用紙の返却はあと数日かかるだろう。つまり点数はわからない。

「藤堂は、どうなんだ？　テストの点数」

聞いておいてなんだか、本当に愚かな質問である。目の前の灰金髪《アッシュブロンド》美少女は、一見すると、ただのギャルであるが、実際は、かしこさの高いインテリギャルである。

うちの高校は自由度が高く、奇抜な恰好《かっこう》の生徒もいるが、私立ゆえに許されているだけで、偏差値も高い方だろう。特進クラスのレベルも高いらしい。

俺のクラスは普通科だが、その中であっても、藤堂は学年テストのランキングで上位に食い込む。なんなら俺の後ろにたむろしているギャルはみんな頭がいいのだ。

だが、意外なことに、藤堂は困ったような表情をした。

「わたしは、今回、どうだろう。ちょっと、まずいかも」

てっきり、自信満々に俺をあおってくるのかと思ったので、真顔で返してしまった。

「毎回毎回、ランキング上位に『藤堂真白』って書いてあるのに？」

「よく見てるね？」

「……目立つからな、藤堂真白様は」

「黒木陽って名前は見たことないなぁ」

藤堂はニヤニヤとし始めた。俺をバカにすると、元気が出るのだろうか。

「俺の名前は目立たないからな」

「ほう？」

つく。なんか『ふふん』みたいな顔がムカつく。たしかに目立っていたとしても俺の点数はパッとしない。

「平均点はとっております……」

「ほお！」

「バカにするんじゃない」

「してないって。それより、よくゲームをしながら勉強できるね」

藤堂は心底、感心しているようだった。それは、まるで、自分ができないことをしている相手に、感心するみたいだった。

「なあ……まさかとは思うけど、ゲームのしすぎで勉強がおろそかになってないよな……？」

藤堂に限って、まさかそんなことはないと思うが、なんだか怖くなってきた。

「ちゃんと勉強してるからっ」

思いもよらず、藤堂は焦っていた。それが逆に怪《あや》しい。

「なぜ、焦る」

「ちがうの！　ただ、ちょっと、ぼーっとしちゃうことが多くて、あんまり、身が入らないというか、効率が悪いというか……！」

藤堂は髪をイジイジと指先でもてあそび始めた。

それにしても、言い訳がましいというか、話がよくわからない。

「どういうことだ？」

藤堂はじれったそうに言う。

「だから、黒木くんとのゲームのこと、思い出したりすると、勉強の手が止まっちゃってさ……あるでしょ、そういうこと。ゲームのこと、自然と考えちゃって、集中できないこととか」

「ああ、なるほど……」

たしかにある。でも、俺の場合は、ゲームを思い出すのではなく、藤堂の姿や、藤堂とのやりとりを思い出して『うおおお……なんか失敗してないよなぁ……!?』などと叫びたくなるので、ちょっと違う気もした。

藤堂の場合は、ゲームにはまりすぎてるってことだよな……？

「黒木くんだって、そういうことあるよね……！　あるでしょ……！　ないとは言わせない」

藤堂は俺の瞳を覗《のぞ》き込むように、身を乗り出した。机が軽く軋《きし》む。

俺は思わず目を逸《そ》らした。共通点はあるけど、ないというか。理由が違う気がするというか。

言い訳は簡単だったが、なんとも、言葉が出てこない。

「あるような、ないような」

「どっちなの。黙秘権はありません。うつむいても、逃げられないからね」

藤堂はさらに前傾姿勢になった。そこで俺は気がついた。

俺たちの高校は、美術科があるくらいなので、制服に関しては規定が緩《ゆる》く、規則内であれば、なにをしてもかまわない。一番わかりやすいのは、女子のネクタイとリボンで、どちらを着用してもいい。気分で日ごとに変えてもかまわない。

今日の藤堂はネクタイを選んでいた。その結び目は緩められ、いまや重力に従い垂れ下がっているだけの代物《しろもの》だ。ボタンは一つしか開けていないので、胸元はガードされているはずなのに、シャツがなにがしかの膨《ふく》らみにより内側から押されているせいで、ボタンとボタンの間の生地《きじ》が張り、隙間《すきま》ができてしまい、中身が見えそうだった。

「ちょっと、なんで逃げるの」

藤堂が勘違いするものだから、俺も焦って、変な体勢になる。

「逃げてないって」

「視線そらしてるじゃん」

「いや、だから」

話が終わらない。意を決して、背筋を伸ばし、俺は顔を上げてみた。目の前に藤堂の顔があった。思わぬ近距離。藤堂の吐息《といき》の音が聞こえそうだ。

俺の呼吸は止まった。比喩《ひゆ》ではなく、意図的に止めた。

「っ⁉」

これには藤堂も驚いたようだ。

たった数十センチ先に、おそろしいほど、美しい顔がある。視界一杯に、藤堂真白がいる。

瞳の色は黒。でも、本当は青い空みたいに爽快な色が、奥に存在していることを知っている。

あの色をもう一度だけ見たい、と思った。俺の心は、あの日、喫茶店で魅了されていたことを思い出したように、ドクドクと動き始めた。

「え、あの、黒木くん……？」

先に動いたのは、藤堂だった。

続いて、俺も離れる。

「ごめん、いきなり顔を上げて……」

「いやいや、わたしも、ごめん」

藤堂は、ごほん、と嘘っぽい咳を一つ挟んでから、口を開く。

「……まあ、とにかく、そういうことで、黒木くんは海に行くんだから。つまり、その、水着とか用意しておいてよね」

モゴモゴと口を動かす姿には、どこか共感できるものがあった。

「ああ、わかってる。水着も用意……するさ……？」

あれ？　ちょっと待てよ……。

そこでようやく気がついた。

「そういや俺、水着って学校のやつしかないかもしれない……」

藤堂がぽかんと口を開いていたのを、俺は見逃さなかった。

＊

学校指定の水着しか持っていないという事実に、藤堂は数秒で適応してくれた。

「まあ、黒木くんなら、そうか」

「不本意ながら、そうだ。藤堂の考えは、正しい……」

肩を落としながら、遺憾《いかん》の意を込めて言うと、藤堂はくすくすと笑ってくれた。ちょっとだけ場を和《なご》ませた自分が、誇らしい。水着はないけど。

藤堂は苦笑した。俺の気持ちなんて、全部、お見通しみたいだ。

「なら、買いに行く？」

「いまから行けと……？」

陽キャ、厳しすぎ。

「いまから行けなんて、言うわけないでしょ」

「ですよね……」

「わたしだって、ついてくる気か？」

「え？　ついてくる気か？」

「え？　いやなの？」

「授業参観みたいで、すっごいイヤなんだけど……」

藤堂はぷっと噴き出した。

「センスが独特すぎるよ」

否定をしないということは、本当についてくる気らしい。

「藤堂と水着を買いに行くだって……？　制服じゃなくて、わざわざ私服で……？」

それって、世間一般ではデートって言うんじゃ……？　いや、言わないか。まて、言うだろ。

どっちだ。心の中で天使と悪魔が言い争っている中、藤堂が眉をひそめた。

「私服がイヤなの？　まさか、制服じゃないと興奮しないタイプ……？」

「そんなタイプであってたまるかっ」

俺は手ぶり身振りを大げさにして、訴えるように言う。

「そうじゃなくて、なんで藤堂が、わざわざ準備してまで、俺についてくるんだって話だ」

「だって、黒木くんって、目についたのを手に取って、値段だけ確認して、レジに直行しそうだもん。試着もしないで。店員が近づいてきたら、逃げそうだし」

「ぐっ」

言い返せない。

「それで、自分に似合わない変なの選んじゃいそうだし。そのくせに、海に行って、他の男子のセンスいい姿を見て、『俺はダメなやつだ……』とか自滅して、ひとりで落ち込んじゃいそうだし」

「あなたは、なんなの……」

全部当たってるよ……。

「なんなの、って、黒木くんのゲーム仲間だけど」

「さいですか……」

ゲーム以外では、敵《かな》う気がしなかった。

恐れおののいていると、藤堂は、俺以上に憂鬱《ゆううつ》そうな声を出した。

「あーあ。それにしても夏休みかぁ。楽しみだけど、楽しみじゃないなぁ」

「なんだ、それ。まあ、受験の準備とか考え始めたら、たしかにそうかもだけど……」

進学組は『今年の夏に、すべてが決まる』なんて言われているらしいけど、もちろん俺は違う。進学はするけど、受験勉強は、冬を過ぎて……春……いや、夏前……推薦枠ないかな……。

「わたしは、親と話し合って、今年の冬から取り組むから、夏は関係ないんだ」

話し合って決めたのか。藤堂の親って、厳しいのか、融通《ゆうずう》が利《き》くのかわからないな。

「じゃあ、なんで憂鬱なんだ？　夏休みなんて遊び放題、バイトし放題、夜更《よふ》かしし放題だろ？」

天国じゃん。

藤堂は、地獄に落ちたみたいなテンションだ。

「だったら、レッスンだって、し放題じゃん……」

「レッスン？　習い事ってこと？　ピアノとか、水泳とかの」

ぷぷっと藤堂は笑う。ずいぶんバカにしたような感じで。

「ピアノと水泳って、小学生じゃないんだからさ。なーんか、かわいいなあ。ねえねえ、黒木くんは、なにか習い事はちてまちゅかー？　お姉ちゃんに教えてごらん？」

お姉さん口調の時は、調子に乗っている証拠だ。ゲームのときもそうだからな。

「同じ年齢だ」

「わたしのほうが数か月早く生まれてるもーん、お姉さんだもーん」

もんってなんだ、もんって。

藤堂はあらゆるキャラを投げ捨てて、真顔になる。せわしない奴だ。

「ま、冗談はおいといてさ——芸能活動のための色々なレッスンがあるってわけ。わたし、一応、芸能事務所に所属してるもので」

芸能人。タレント。インフルエンサー。なんでもいいが、俺には縁のない人種……だと思っていた。

俺は勝手な想像で話を進めた。

「契約とかに、最初から盛り込んであるんじゃないのか？　月にレッスンは何回とか、こういうことをさせます、とか。あと、違反したらこうだぞ、とか」

深夜までゲームしていいけど学校休むなよ、とかさ。それは俺と親との契約。

「そういうのはないよ。結構、自主的っていうか、来なくなってそのまま退所する子もいるし。本人のやる気次第かな。といっても、わたしの場合は、個人的な意志は半分くらいだけど」

少々暗くなった、藤堂の表情。あまり見たくないな、と思った。言葉は前のめりになる。

「藤堂、いやなのに無理してやらされてるのか？　大人の事情ってやつで？」

藤堂はジト目をした。

「……なんか、エッチなんだけど。言い方」

もうヤダ、こいつ……。

「お前はなにを言っているんだ……」

藤堂はにっこり笑顔。だが、額《ひたい》に怒りマークが浮かんでいた。

「『お前』はやめてね、黒木くん。日ごろから言ってるよねー？」

いつもなら謝るが、ここで話が変わってしまっては、誤解されたままである。

「藤堂さんこそ、日ごろから変なこと考えてるから、変な感じに聞こえるんじゃないんですか」

静かなる反抗に、藤堂は思わぬクリティカルダメージを受けていた。

「はあっ⁉　そ、そんなこと考えてないしっ」

「そんなことってなんだ」

「黒木くんのエッチ！　いじわる！　エッチ！」

「声がでかい、声がっ」

高い声と共に、ガタンと椅子が鳴る。中腰のまま藤堂は、ぱくぱくと口を動かしたが声は出なかった。顔が赤い。もう一撃、『何を想像してるんですか？』と追撃したら、まじで殴られそうなので黙っておく。

藤堂は空気感を取り戻したいのか、「こほん」と一つ咳をして、座りなおした。

「もちろん契約とか、大人の事情みたいなのはなにかとあるけど、レッスンは別。それはお母さんとの約束なの……いや、約束って言うか、妥協《だきょう》に近いかもだけど」

藤堂の表情はなんだか苦いものを噛んだように、眉がしかめられていた。

俺からしたら輝くような経歴に見えるのだが、藤堂にも色々とあるらしい。

13　しかし逃げられなかった

藤堂《とうどう》から、母親の話を聞くのは初めてではないはず――いや、それは違うか。家のルールの話を聞いてはいたが、母親の具体的な話は聞いていない。ゲームを禁止しているということぐらいしか知らない。とはいえ、ネットで色々と調べたので、多少は知っている。

元舞台女優……だっけ。芸名は月川名歌《つきかわめいか》とあった。若い時の写真は少しだけ出てきたが、藤堂と似ているとは言えなかった。

藤堂真白は、母親と仲が悪いのだろうか。それで、なにかと苦痛を感じている？

俺の無言をどう思ったのか、藤堂は勝手に話し始めた。

「いや、別に仲がめちゃくちゃ悪いとか、そういうのじゃないよ？　もちろん言い合いぐらいはするけど、そんなの、どの家でもあると思うし」

我が家はくだらない喧嘩ばっかりだけど。レースゲームでお邪魔アイテムを集中砲火された父親がいじけるとか。藤堂家とは比較にならないレベルだろうから、黙っておこう。

「わたしはさ、レッスンだって、まあ、イヤなときもあれば、楽しいと思うときもある。やらなきゃ、って思う時もあれば、休みたいと思う時もあるの。強制ってわけじゃないし、かといって自由なわけでもないけど……」

「なんだか、煮え切らない発言だな」

指摘されたからなのか、藤堂は、途切れそうだった言葉を繋いだ。

「なんていうかさ……ゲームしてるほうが面白くない……？　レッスンより、ゲームしてたほうが楽しいし、心が躍《おど》ることに気がついたんだよね」

藤堂は言いきった。

ちょっと待とうか。発言がどうも、怪《あや》しいぞ。

「……いきなり、どうした？」

いぶかしげに聞こえたのだろうか。藤堂は言い訳をするように、ガーっと話し始めた。

「だって、時間って限られてるじゃない？　わたしは今、ゲームをしたい。だから夏休みもゲームをしたいけど、家じゃできない。夏休みは、レッスンもあるから時間も削られる。でもゲームをしたい！　なんかそういう気分なの！　黒木《くろき》くんなら、わかるよねっ⁉」

藤堂の瞳がぐるぐる回っている気がする。ヤバい本音をさらっと言い放った。まるで俺が発するような台詞《せりふ》だが、藤堂が言うと説得力があった。

しかし、こっちの道は危険だ。引き返させなければ……。

「藤堂、落ち着け」

「落ち着いてるよ？」

嘘だ。さすがにヨダレまでは出てないけど、なにかに洗脳されていて、思考が先に進んでいないみたいだ。まあ、ヨダレ垂らしてても藤堂なら絵になりそうだけど……いや、その想像はやめておけ。

「藤堂が言ってるのは、現実の努力よりもゲームの楽しさに浸《ひた》りたいって話か？」

それを人は現実逃避と呼ぶ。

藤堂はしっかりと首を左右に振った。

「え、ちがうよ、黒木くん。努力するならゲームがいいってことだよ？」

「なるほど……？」

ほぼ同じである気もするけど、藤堂の中では違うらしい。

「ただ、強くなるために努力するんじゃなくて、楽しくなるために努力したい！」

ぐっと拳を握る、国民的美少女コンテスト優勝者。言い方はどうであれ、底なしのゲーム沼にはまりかけているようだった。

これって、俺が原因じゃないだろうな……？

藤堂は、青ざめた俺の顔を見て、にやりと笑う。

「あれ？　気がついた？　わたしがゲームにハマったのは、黒木くんの存在が大きいよ。だから、ちゃーんと責任とってね」

「心を読むなよ……」

「あはは。黒木くん、顔に出すぎなんだもん。なんでもわかっちゃうよ？」

それにしても予想外な展開だ。

今でこそ言い訳にしかならないが、経験上『ゲームうまいの？　なら教えてよ』なんて言うような奴は、結局、ゲームに飽きることが多かった。理想と現実にギャップがありすぎて諦《あきら》めたり、そもそも、強くなるためのゲームに飽きてしまったり。

藤堂も同じ類《たぐい》だと思っていたが、それは失礼な思い込みだったようだ。

藤堂真白は、好きなものに対して一直線に進むタイプらしい。止めるのは簡単だが、それがよいことかどうかなんて、高校生の俺にわかるわけもない。そもそも俺こそ、その道を爆走しているわけで……ようするに、俺が悪影響を与えてるってことなのか？

黙った俺へ、藤堂が不思議そうに尋《たず》ねた。

「どうしたの、黒木くん。怒っちゃった？」

俺の脳内に、見たこともない藤堂真白《ましろ》の両親が現れた。こちらを見て、「真白、友達は選ぶこと。悪い影響を受けたら、道を間違えるよ」と言っている。

責任なんて、取れないぞ……？

「藤堂、一つだけ言わせてくれ」

「なに？　そんなに怖い顔して」

「いいか、藤堂、よく聞くんだぞ！　大事なことだからな！」

「わっ⁉　な、なにいきなり」

藤堂が背筋を伸ばして、座りなおした。

俺は藤堂の目をしっかりと見て、言った。

「ゲームで飯は食えないし、進学だってできないぞ。金は稼げないし、無職まっしぐらだ。だから、道を間違えちゃいけない。黒木陽《よう》という、のんべんだらりと夏休みを過ごして、適当な大学に行こうとしているやつと、自分を同列にしちゃだめだ……！」

ひどい言いようだが、全部、自分のことなので許してくれ。

藤堂は伸ばしていたはずの背筋から力を抜いて、小さく息を吐き、反論してきた。

「でも、配信者とかユーチューバーは、それでお金稼いで、ご飯たべてるよね？　プロゲーマーの学校だってあるし、高校にゲーム部があるところだって、ニュースで見たよ。もしかしたら将来のオリンピック競技になるかもって記事もあった」

「たしかに」

納得してしまった。

「だから、黒木くん。自分のこと、そんなふうに言っちゃだめだよ。まだ未来はあるんだから」

「ありがとう」

感謝しちゃった……。

俺は威厳を回復できぬまま、それでも諭《さと》そうと試みた。

「つまり、熱中しすぎは、よくないってことだ。あくまで息抜き。真面目《まじめ》にやるのはレッスンがいいぞってこと」

「でも黒木くんだって、プロゲーマー目指してたんだよね？　前に口滑らせてたの忘れてないよ。そのときに『頑張ったなりに得たものはあったけど』って言ってた。わたしも何か得られるかもしれないよ？」

「そうですね……」

もう、無理だった。

そもそも、俺も藤堂と同じ考えを持っているのだった。ゲームは害悪！　と教育機関や大人は批判するが、すでに立派な職業でもある。将来性だってある。

しかも、藤堂真白はそもそもが有名人なので、配信者だろうが、インフルエンサーだろうが、やろうと思えば展開できる。芸能人のゲームチャンネルは珍しくない。

「それで、何が言いたいの、黒木くん」

すでに目的を見失っている俺だったが、並べた言葉は回収できず、弱々しく反論するのみ。

「ゲームは素晴らしい文化だ。でも、レッスンのほうが優先度は高いんじゃないかな……」

違う気もするけど。もう、言えることもない。

「黒木くんがそれを言うの？　授業中も、たまに寝てるじゃん。ぜったいゲームしすぎた翌日じゃん。わたし、見てるんだからね。学生、勉強のほうが優先度高いんじゃないの」

「そういうのは見ちゃいけません……」

もう、勝てないよ……。

「落ち込まないで、黒木くん」

「落ち込んでない……」

いつの間にか、視線も落ちていた。女子高校生一人、説得できず、逆に論破《ろんぱ》されていた。

藤堂はパチンと両手を合わせた。俺の意識はそちらに向かう、

「わかってるんだよ、黒木くん？」

藤堂はなんだかいやらしい笑みを浮かべた。

「黒木くん、わたしにゲームを教えたこと、責任感じちゃってるんでしょ？　わたしが思った以上にゲームにハマっちゃったこと、いまさら焦《あせ》ってるんじゃないの？」

「そ、そんなことは……」

全部ばれていた。

ゲームに付き合うたびに、口出しをした。うまくなるための宿題なんかを用意してしまったりもした。確実に時間を奪ってしまったことだろう。家では動画を見て勉強していたはず。思い返せば、心当たりばかり。俺のせいだと言われても、言い返せない。

藤堂が、さっと顔を前に出してきた。

「そっか、そっか。黒木くん、わたしに責任を感じちゃったのかー、それは大変だなあ。とっても大変だ。ねー？　だって責任って、背負わないといけないじゃん？　つまり、黒木くんは、マシロちゃんを抱っこしないといけないってことだよね？」

「おんぶでもいいだろ……」

「たしかに、おんぶでもいい」

藤堂は、こくこくと、頷《うなず》く。真面目か。

「で、黒木くん。責任、感じてるの？　どうなの？」

藤堂の黒い瞳が、きらりと光った気がした。

「いや、べつに……責任とかは……」

感じてる。でも、そんなこと、言えない。俺が……いや、俺ごときが、藤堂に影響を与えた？　自意識過剰《かじょう》、気持ち悪い！　なんて思われたら、心が壊れる。

「黒木くん、なんか変な顔してるけど……眉の間にしわができてる」

「それは、いつもだろ」

「そっか。変な顔はいつもか」

こいつ……。可愛いからってなんでも許されると思うなよ……。なんて言えない。

「結局、藤堂は何を言いたいんだよ」

「言いたいこと、ね」

猛烈に嫌な予感がする。

「あ、いや、別に聞かなくても――」

止めようとしたが、間に合わなかった。

「ねえ、黒木くん？　責任の話、しよっか」

「はい……？」

藤堂が人差し指を立てる。魔法使いがステッキを振るように、白い指が右に左に揺れる。

「わたしがもし、夏休みの膨大《ぼうだい》な自由時間の中でレッスンに行かないとして？　その理由が、黒木くんからじっくりと体に教え込まれたゲームの楽しさのせいだったとして？　それはもう、藤堂真白は、黒木陽に無理やり変えられたと言えると思うの」

「その言い方、悪意ない……？」

「ないよ？」

絶対にあるよ。

藤堂は、話を元に戻した。

「わたしが変わってしまった理由を、お母さんに聞かれたら、こう言うかな。『友達と遊びたいから、レッスン休む』って」

「まあ、それなら」

「そして、こう付け加える。『その子は男の子で、最近仲良くしてるんだー』って。『わたしにゲームの楽しさ、いっぱい教えてくれる人なんだ。わたし、もう元に戻れない！』って」

藤堂は自分の体を抱きしめて、ゆらゆらと揺れた。ぜったいにバカにしている。

「やっぱり悪意しかないだろっ」

「えへっ」

ペロッと舌を出す藤堂は、ムカつくというより、可愛いだけだった。

「藤堂、ちょっと待ってくれ。反論したい。全部が全部、俺のせいでもないだろう」

「お？　どうぞ、どうぞ」

できるものならやってみな、という感じだ。

「待ってろ、今、考えを整理するから」

まず、友達と遊ぶことは罪ではない。藤堂だって、レッスンを休むこともあるだろう。罪ではない。だが、禁止されているゲームをプレイしているってのは、まずいよな。

つまり、ゲームをする環境を与えているのは、誰なのかってことだ。藤堂はなにをきっかけに、ゲームを再開したんだ？　俺らしい。その後、一人でやっていた藤堂に、付き合い始めたのは誰だ？　俺だ。では、ゲームの知識を与えているのは？　先導して、攻略サイトを教えているのは？　いつだって相手になってるのは？

全部、黒木陽だ。俺は頭を抱えた。

「っく。手遅れだ……一か月前に戻らないと、人生変えられない……」

「黒木くん。タイムリープしたとしても、きっと同じルートになるよ。わたしとキミとの運命はもう交わってしまったのだから」

「それっぽい台詞を、それっぽい顔で言わないでくれ」

演技力が高いから、本当にSFの世界に紛《まぎ》れ込んでしまったようだ。

「黒木くんが、責任とってくれないならさ？」

ふっと、真剣な表情となった藤堂は、ゆっくりと机の上に体重をかけた。

「お母さんには『黒木くんと、一緒に海も行く』とか『黒木くんと、一緒に水着を買いに行く』とか、言っちゃおうかなって思うんだよね。うちのお母さん、心配して、『黒木くんを家に一度連れてきなさい』とか言うだろうなあ。そうしたら、黒木くん、わたしのために来てくれる？」

「っく……」

　俺は白旗をあげるように、両手をゆっくりと上げた。

「……俺の負けだよ。ゲームは大事だし、そこに引きずり込んだのも、俺だ。レッスンと同じくらい、ゲームは大切だと認める。仮に藤堂がレッスンを休んだとしても、俺から言えることはなにもない。だって、俺も授業そっちのけで、ゲームばかりしてるから」

　藤堂は身を引くと、嬉しそうに笑った。

「お、勝った。やったね！　全部、認めてくれて、やさしいね」

「認めさせたのは、どこのだれだ……」

「なんか言った？」

「イッテマセン」

　藤堂は小さく首を縦《たて》に振りながら、言葉を刻んだ。

「ねえねえ。ゲームにしたって、現実にしたって、勝者はなにかを得るものだよね。勇者は魔王を倒したらお姫様と結婚するもんね。世界は平和で、みんなもうれしい」

　藤堂は「ハッピー」などと言いながら、顔の横でダブルピースをしている。

　意味が、まったくわからない。

「なにかを、得る？」

　藤堂は「うふふ」と笑うと、悪ガキみたいな表情をした。そうして『なにか』とやらを提案してきたのだった。

「今日から、夏休みが始まるまででいいからさ……黒木くんのお部屋でゲームをしたいなあって思うの。そしたら、わたしもレッスン休まないで、頑張れる気がする。ね？　いいでしょ？　責任とってよ、黒木くん」

デジャブを覚えた。しかし、前回とは似ているようで、意味が違う。

結局、最初から俺は負けていたのだ。チート級の小悪魔からのお願いなんて、断れるわけなんてなかったんだから。

14　攻略キャラではありません

大変な事態となった。藤堂真白《とうどうましろ》が我が家にやってくる。厳密には、俺の部屋に遊びに来る。

先日、藤堂からのお願い——いや、脅《おど》しともいうべき笑顔の圧力を受けた俺は、当然というべきか、それを受け入れるしかなかった。拒否したところで、ＲＰＧみたいに『はい』を選ぶまで延々と同じ質問が繰り返されていたに違いない。

話はとんとん拍子《びょうし》に進んだ。藤堂の要望通り、次の日曜日にやってくることになった。

現在、金曜日の夜。明日は土曜日。明後日になれば日曜日。何度考えても、準備期間が三日間しかない。時間が足りない。藤堂真白を、部屋へ呼ぶための準備期間だ。

彼女が遊びに来るわけじゃないし、慌《あわ》てることなんてないだろ——なんて思えたら、どんなに気楽だったろうか。

ふと、恐ろしくなる。

「待てよ……？　女子を部屋に入れても、噂とかされないよな……？　犯罪じゃないし、そもそも同級生だしな……。いや、男子の部屋に女子一人で遊びに来る時点でやばいのか……？」

頭がおかしくなってきた。

とにかく、一つずつ、済ませていこう。クエストをクリアして、一個ずつレベルを上げるのは、ゲームでも基本中の基本じゃないか。

そうと決まれば、まずは、部屋の掃除と整理だ。

「掃除をして、あとは、見られたらまずいものを……隠す！」

ぐっと握り拳をつくる。

「できる。できるぞ、俺……！　完璧にやってやるぜ！」

「……、……にいに」

「はっ⁉」

突然、背後に強烈な気配を感じて、振り返る。開いたドアの向こう側に、ペットボトルを手に持った茜《あかね》が、突っ立っていた。

「にいに、なんか、こわい……」

「いや、これは」

「にいにが、こわれちゃったよぉ。でも、元からだから、大丈夫だよね」

にゃはは、と笑いながら、実妹は去っていった。

兄は、とっても悲しいです。

＊

俺は部屋の掃除を始めていた。悲しんでいる時間など、ないのだ。

部屋の中は、ぐちゃぐちゃである。整理をするにあたって、一度、すべてのものを床に出したからだ。大掃除の要領で、出しておくものと、しまっておくものを分けることにした。

手にはゲームソフト。硬派なロールプレイングゲーム。

「これは平気」

手には漫画本。少年誌の有名な冒険もの。

「これも平気」

手にはちょっとエッチな表紙の本。青年誌の漫画で、性的な描写があるアウトローもの。

「……こんなもので、怖気《おじけ》づく俺じゃない。けど、一応、しまっておく」

雑魚《ざこ》だった。

「こっちは……しまわなくてもいいか……これは絶対だめだ、しまう。これもアウト。バトル漫画とはいえ、女子の半裸姿が多すぎる。見つかったら終わる」

漫画本やラノベ、ゲームや雑誌と、見慣れているものでも、改めて考えると、危ういものが紛《まぎ》れていた。

たとえば、格闘ゲームのポスターでも、戦っている設定なので、服が破れまくっていたり。見えているわけではないが、服がはだけまくっている女の子が表紙のラノベとか。好きなイラストレーターさんのちょっとだけエッチな画集は、表紙が、スカートをまくり上げようとしている女子高生ギャルだった。この本は俺を殺す気か。

捨てるわけはないし、段ボール箱にしまっておくだけである。作業は思いのほか早く進んだ。

「物理的なもんはこれで全部か……あとは、そうなると……」

俺は、机の上を見た。藤堂の目当てである、ゲーム用パソコンが一台と、茜を手伝うときのゲーミングノートＰＣが一台。

外側は問題はない。問題は、中身のデータだ。

藤堂は初心者だし、なるべくやりやすい、デスクトップタイプを使わせることになる。茜の配信用ＰＣと違って、それは、日常使いのＰＣでもある。ようするに、いろんなデータが隠されているということだ。

「慎重に、確実に、実行せねば」

俺は、キーボードとマウスをせっせと操作して、やばそうなデータを片っ端から、隠しフォルダに押し込んだ。

「あ、そうだっ。検索履歴も見られたらまずい……」

閃《ひらめ》きと共に検索ボックスをクリックすると、これまでの履歴が、一気に表示される。

「……水着、夏。削除。海、女子、気をつけること、削除。海、男子、ノリ、削除。藤堂真白、ウィキ、削除……っく。日ごろからやっておけばよかった……めちゃくちゃ、やばいのがある！」

なんで予測変換で、『藤堂真白・水着』なんてもんが出てくるんだ⁉　ＡＩの進化の方向性、間違ってませんかね！

とにかく、手動で消しまくる。何十日分かを消したところで、ようやく気がつく。設定から全消去すりゃいいじゃん！　焦《あせ》りすぎて、混乱してるぞ。落ち着け、俺。

しかし、無理がある。まさか藤堂真白が――ＣＭに出ていたような芸能人が、自室に遊びに来ることになるなんて思うか？　思うわけがない。藤堂がこの部屋に来た際、俺はどんな気持ちになるんだろうか。

ぼうっとしながらも、作業の手は止めない。だが、マウス操作が甘くなり、カチリ、と見当違いな個所をクリックしてしまった。ブラウザ上部に出ていた、あなたへのおすすめ、という動画を再生していた。『藤堂真白・ＣＭ・清涼飲料水』の検索結果だった。

画面が、切り替わる。

映像が、再生される。

俺は、戻るボタンを押さずに、ディスプレイを見た。

太陽、雲、空、山、岩、石、清流――白いワンピースを着た藤堂真白が、足首を川に浸《ひた》して立ち、こちらを見ている。髪は灰金髪《アッシュブロンド》、目は黒だった。今より、若干《じゃっかん》、幼く見えるのは、当然のことだ。藤堂はこのころ中学生である。そう考えると、逆に大人っぽく見えた。

チルっぽいＢＧＭと共に、画面いっぱいに映るのは、瞳や、手、唇、スカートぎりぎりの太腿《ふともも》、汗の染《し》みが浮いたシャツの背中部分。サブリミナル効果。藤堂の全身と、魅力的なパーツとが、入れ替わり立ち代わり、視聴者の脳内に入り込んでくる。

夏の暑さを象徴する汗と、川の流れの涼やかさが強調される。おそらく、藤堂の声。「カラダの中から、流れを変えよう」。藤堂がペットボトルの清涼飲料水を飲みながら、こちらに目を向けて、終了。

「ふう……」

知らぬうちに、体に力が入っていたようだ。俺は脱力した。

たった三十秒なのに、見ているだけで、疲れる。前衛的な造りのためか、こちらはネット配信専用だったらしい。

すぐに別バージョンが、自動再生される。

先ほどよりも明るいBGMだ。夏の日差しの中、海沿いの道を、夏用セーラー服を着た藤堂真白が駆けている。こちらは、大人の女性のナレーション。「カラダの中から、流れを変えよう」。頰が火照《ほて》る汗。こちらは、目や足、腕や胸あたりがカットイン。浜辺まで出た藤堂の背中、顎《あご》を流れり、少し息があがっている藤堂の横顔。清涼飲料水をうまそうに飲み、大きく息を吐く。唇を舐《な》めて、満たされた表情。視聴者は、藤堂とがっちりと目が合うはずだ。こちらはテレビで流れた。俺もよく覚えている。

なんといえばいいのだろうか。基本的に、藤堂は何も言葉を発していないのに、強いメッセージを感じる。これは演技力というのだろうか。そういうのに疎《うと》い俺だが、藤堂真白という存在が、こちらに訴えかけているモノというのは、しっかりとわかった。

別世界の存在だ。藤堂は、自分はただの高校生だ、と主張するけれど。正直、そんなのは詭《き》弁《べん》だと思う。手を伸ばしても届かない。それが、藤堂真白という存在だ。

「そんなやつが、俺のゲーム仲間？　なんで部屋に遊びに来るんだよ……」

何度考えても意味がわからなかったが、少なくともこれは夢ではなく、現実だった。

＊

あっけなく、当日は訪れた。

日曜日。時刻は十時。もうすぐ藤堂がやってくる。

できる限りの準備はした。両親は在宅中だが、外階段で繋がる二世帯住宅のおかげで顔を合わせずとも入室可能。そもそも親の起床時間は職業上、とても遅いので、休日の午前中なんて、起きているわけもない。

問題は茜だが、平日ならまだしも、休日は深夜まで動画編集や撮影をしているので、昼過ぎまで起きてこないはずだ。事実、昨日も深夜まで起きていたしな。え？　なんで知っているのかって？　俺も寝られなかったからだ……。

部屋の中を行ったり来たりしてしまう。

「そわそわする……そわそわして仕方がない……」

今日は、藤堂が自宅の傍《そば》まで来たところで、迎えに行くことになっている。色々と考えた末、それが一番安全な出迎え方法だと思えたからだ。誰にも会わないような、道順、手順、すべて教え込んだ。「ここまでする必要あるの？」などと、藤堂は言っていたが、こればかりは譲れない。

　その時、ＬＩＭＥの着信音が鳴った。

「きた……」

　浮ついていた俺の気持ちは、一通のＬＩＭＥで、一気に地に落ちた。

　ＬＩＭＥは確かに、藤堂からだった。

《ましろ：黒木《くろき》くん、言われた通りの順路で、ドアの前までこれちゃった。ドアあけてー》

「……は？」

　俺の思考は止まったが、指はすぐさま返信を打ち込む。

《ヨウ：まて。つまりいま、どこ？》

《ましろ：だから、玄関のまえだよ。二世帯住宅だから、二階でいいんだよね？》

　耳を澄ます。ドアの方から、「黒木くーん」とか聞こえてくる気がする。

「わあああああっ」

　俺は小さく叫びながら、ドアを開けて廊下を滑るように走った。

　念のために、待ち合わせ場所から、うちまでの道順や我が家の構造を伝えていたのは、スムーズに入室させるためだ。二世帯住宅になじみがないと、一階の玄関に行くこともあるし。決して、一人で冒険をさせるためではない。

　玄関にたどり着くや否《いな》や、ドアを押し開けた。当然だが、そこには藤堂がいた。驚いた顔をしているが、驚いているのはこっちだ。

「わ、いきなり開いた。あぶないよ、黒木くん」

危ないのはお前だよ！　と言いたかったが、ぐっとこらえる。早く、部屋に入れなければ。

「……とりあえず早く入ってくれ。誰かに見られたら大変だ」

「え？　なんで？　見られたらまずいことでもあるの？」

お前がな！　と、言える余裕はやっぱりなかった。会話をしていたら、異変を感じた親が外に出てくるかもしれないし、近所の人に「黒木さんちの息子さん、女子を連れ込んでたわよ」なんて噂されるかもしれない。

藤堂はへらへらと笑っている。

「へーきへーき、変装してきたからさ。ばれないってば」

「そういう問題じゃ……」と、反論しようと、藤堂の姿を改めて見る。

たしかに、変装をしていた。

黒いキャップを深くかぶり、黒いマスクは鼻から顎下まで。灰金《アッシュブロンド》の髪は、ヘアゴムでしっかりと束ねているせいで、言うほど目立っていない。サングラスはしていないが、さすがに黒マスクに合わせたら、怪《あや》しいので、正解だろう。瞳は残念ながら、黒い。

「ね？」と藤堂。

「……たしかに変装はしてるけども」

それは認めるが、しかし、オーラみたいなものは絶対に隠しきれていない。それに、どうしたって、女子であることは一目瞭然《いちもくりようぜん》だ。近所のおばちゃんに噂される危険性は回避できていない。

俺は、ドアの内側に入るよう促《うなが》しながら、言った。

「女子ってだけで、問題なんだよ」

「なんで？」

「近所のおばちゃんたちの井戸端《いどばた》会議のネタになる」

会うたびに、「あらー、あの子はどんな子なの？」とか聞かれそう。やたらと絡《から》んでくるからな、おばちゃんたち。しかし、茜曰《いわ》く「そんなに、絡まれないけど」ということなので、俺だけがからかわれている可能性は否定できない。

「別にいいんじゃない？　黒木くん、人気者になれていいじゃん」

玄関に入った藤堂の後ろで、ドアがしまった。これで、とりあえずは一安心。

「いいわけあるか。女子を部屋に連れ込んでるとか言われたら、俺はイヤだ」

言い方次第では炎上しそうな物言いだが、事実である。

藤堂は「おじゃましていい？」と言いながらも、すでに靴を脱ぎ始めていた。

「あ。まさか、わたしが黒木くんの部屋に入る女子第一号だったりして？」

俺をバカにするのが嬉しいらしく、やけに楽しそうな声音だ。

素直に答える必要もないだろう。

「部屋に女子が入るのは、初めてじゃないけどな」

だって、茜が入ってるし。うん。嘘じゃないぞ。あいつも立派な女子だ。

「……ふーん」

すぐに見抜かれて、さらにバカにされそうだった。が、藤堂は一瞬、動きを止めた。それから、ゆっくりと動きだし、脱いだ靴を手でそろえてから、言った。

「そうなんだ。わたしが、初めてじゃないのか。そっか、黒木くん意外とやるんだね。弟子がいっぱいいるんだ。わたしにはすぐにオーケーしてくれなかったのに……」

藤堂の表情は一転して、つまらなそうである。

「なんか怒ってない？」

「怒ってません、部屋どこですか？」

「なぜ敬語……」

絶対に怒ってるだろ。

女子って本当に意味がわからない……。

藤堂は、俺の部屋に入るや否《いな》や、万歳をした。

「黒木くんの部屋だ！　ようやく来れた！」

たった数秒で、藤堂の機嫌は元通りになった。山の天気のようだ。案《あん》の定《じょう》、部屋の隅々まで観察している。整理しておいてよかった。

「わあ、すごい」

藤堂は部屋の、ある一角に目を留《と》めた。視線の先にはゲーム用ＰＣがある。すでに電源は入れてある。デスクトップは整理されているので、きれいな海の壁紙が映っているだけ。

藤堂はパソコンを見たあと、不思議そうな顔で、振り向いた。

「ぴかぴか光ってないんだね？」

「光らせることもできるけど、気が散るから、いつもは消してる」

「えー。テーマパークのナイトパレードみたいでカワイイのにー」

「なら、昼間から光らせてもしかたないだろ」

藤堂はきょとんとした。

「え？　夜までいたら光らせてくれるってこと？」

藤堂はなぜかベッドを見た。室内の温度が上がった気がした。

「……光らせない」

藤堂は頬を膨《ふく》らませた。

「ぶーぶー」

「でも、こっちは常に光るぞ。キーボードとか」

「えっ」

俺はノートPCを起動した。キーボード部が、七色に光り始めた。つられるように、藤堂の瞳もキラキラと輝く。

「わっ、かわいい！　ネイルチップみたい！」

「喜んでもらえてなにより……」

それよりも、早いところ、イベントを進行しなければならない。わざわざ午前中に来てもらったのは、家族にばれないようにすべてを終わらせるためだ。

俺は藤堂にゲーミングチェアを勧めた。

「ほら、ゲームするために来たんだろ？　さっさとやろう。基本から教えてやるから」

そして早く家に帰さねば。

藤堂は椅子に座る前に、頬を膨らませた。

「なんか、わたしに早く帰ってもらいたいみたい」

「そ、そんなことはない」

冷や汗がぶわっと出た。態度に出すぎていただろうか。

藤堂はどこからか紙袋を取り出してきた。高級羊羹《ようかん》である。

「お父さまとお母さまへのご挨拶《あいさつ》の準備もしてきたのに……」

「してこなくていいって言ったろ!?」

そんなことされたら黒木家始まって以来の大事件である。

藤堂は、真面目《まじめ》に頷《うなず》いた。

「そっか、本心だったのか。黒木くんが、そういうフリをしているのかと思った。よかった、一階のチャイム押さなくて」

「フリではない！　絶対に押すなよ!?」

はぁはぁ、と肩で息をする。

藤堂が心配そうに顔を覗《のぞ》き込んできた。

「そんなに興奮しなくても」

「とりあえず座ってください、おねがいします……」

「黒木くん、泣いちゃった？」

本当に涙が出てきそうだ。

＊

ゲームを開始してから、すでに一時間が経過していた。

基本的な動きは教えたので、つぎは実践《じっせん》で覚えてもらうことにした。そっちのほうが楽しいだろうし。もちろんランクマッチではなく、カジュアル対戦だ。

現在、その初戦。藤堂のデビュー戦だった。

藤堂は思ったよりも早く、パソコン操作に慣れていった。センスがいいのか、覚えが早いのか。同じことだろうけど。手こずると思っていたので、意外ではあった。

藤堂がクリックすると、操作キャラが持った銃から弾《たま》が出る。見事に敵に当たった。

「あ！　倒した！」

相手も初心者っぽかったが、それでも遠くの敵にヒットさせるのは難しいものだ。

「なかなかセンスがいい。なら、次は物資をあさりに行こう」

藤堂が、へにゃーと溶けるように、嬉しがる。教室内や、モデルのときのような、冷静さがまったく見られない。

「へへー、ほめられちゃった」

ゲームをするときは大抵ボイスチャットを利用するが、今は隣同士に座っているので、その必要はない。声どころか体温さえ感じる距離に、藤堂真白というゲーム仲間が存在している。

「マウスから手を放して喜ぶなよ。こっちに来てくれ」

「あ、黒木くん、また敵いたっ」

目も勘もいいみたいだ。ただし、興奮しすぎ。

「おちつけ」

「わーっ、こっちにもいた！　倒されちゃう――わ、仲間の人が助けてくれたっ」

俺も助けに行こうと思ったのだが、近い場所にいた三人目の仲間が、藤堂を救ってくれたようだ。

このゲームは三人一組で、チームを組む。

全員が知り合いである必要はなく、今回も、俺と藤堂以外のもう一人は、赤の他人だ。でも、それは、世界のどこかにいる、同じ趣味のゲーマーでもあり、同志ということ。

藤堂は嬉しそうに、「助けてもらったお礼に回復薬わたそう」などと言いながら、顔も知らぬ仲間の前に、物資を投げる。しかし、相手は体をふるふると振って、簡単なジェスチャーで「いらない」と示す。それすらも、藤堂には新鮮らしく、喜びながら、物資を再回収していた。

その間、俺は残った敵を倒していた。

「こっちも倒したぞ」

「わ、はやいね」

「藤堂。仲間の人、回復はいらないかもしれないけど、弾が足りてないと思うぞ」

「わかった！　じゃあ、わけてあげよう……えっと、弾のほうは、ボタンがこれで……タップじゃなくて、クリックして……」

「キーボードでやると楽かも。押した分だけ一セットずつ落ちるから」

「あ、そうだそうだ」

藤堂は画面から目を離し、キーボードとお話し中である。

デビュー戦の仲間が、運よく、協力的な人で助かった。無理な突撃もしないし。藤堂が初心者だってわかってくれたのだろうな。アカウントも藤堂用のものを作ったので、キャラクターの外見も初期状態だしな。

しかし、残念ながら、そのあとは、うまくいかなかった。俺たちの銃声を聞きつけた他のパーティが、漁夫《ぎょふ》の利を狙って突っ込んできたのだ。

まず、藤堂があっけなく倒された。

「ごめんーっ！」

ゲームオーバー状態になったわけではない。膝《ひざ》をついて、仲間の助けを待つ状態。しかし、回復役のサポートキャラを使用しておらず、即座に救出することは困難だった。

俺は手を止めずに、言う。

「まだ、負けじゃない……けど、きっついな。相手うまい」

俺ともう一人のプレイヤーは善戦した。が、藤堂を助けることに意識を割いてしまったためか、結局、ふたりとも倒されてしまった。

「あー、わたしのせいだーっ」

藤堂が頭を抱《かか》えている。実際、いてもいなくても、チームの戦力的にたいした差はないのだけれど、傷つくかもしれないので黙っておく。

順位は『八位』と出ていた。初戦にしては、落ち込む順位じゃない。ただし、自分の力と勘違いされても困るので、やわらかく指摘しておいた。

「強い人とマッチしたから結構いけたな」

藤堂は、きょとんとした。

「そうなんだ？　黒木くんより、あの人、強いの？」

「いや、どうだろう。同じくらいだと思う」

射撃の精度は俺のほうが高かった。ただし、他プレイヤーへの配慮が素晴らしい人だったので、トータルだと俺より上だといえよう。野良《のら》パーティなら、なおさら。顔も知らぬ相手に、優しくできる強プレイヤーは、それだけで稀有《けう》な存在で、ありがたいものだ。

「えっ、じゃあ、めっちゃ強いじゃん。わたし、二人に守ってもらってただけかぁ……」

「それがわかってれば、十分、うまくなれると思うけどな」

俺の言葉は聞こえていないようだったけど。

ふえー、とよくわからない感嘆《かんたん》の言葉をあげていた藤堂が、「わ?」と声をあげた。せわしないやつだ。

藤堂が、ディスプレイを指さす。

「ねえねえ！　さっきの『Nathan《ねいさん》』ってプレイヤーからフレンド依頼きたよ?」

「え?　まじで」

画面を見ると、たしかにフレンド依頼が来ていた。試合終了時に、間違ってクリックしてしまった可能性もあるけど、どうだろうな。初心者相手にフレンド申請か……。プレイ内容から見ても、出会い目的じゃないとは思う。あくまでも直感だけど、たぶん合ってるだろう。

俺は頷いてみせた。

「問題ないと思うぞ。初プレイの記念に、友達になっておけば?」

言いつつ、自分の気持ちがざわついていることに気がついた。

フレンドとは、つまりゲーム仲間だ。それは俺だけの特権だった——なんて考えているのか?　やめてくれ、黒木陽《よう》。藤堂が『フレンドを作る』ということは、ゲーム体験として、素晴らしいことだ。

俺だって、今でも、ゲーム内フレンドとの出会いは覚えている。一瞬の出会いが、一生の付き合いになりうる。北から南まで、それこそ、世界を相手に、知り合いを作れるのだ。藤堂は、そういうことを体験するために、我が家にまで来ているんだろう?

でも、なんだか、それがとても悔しい……。なんて、ダサい男なんだろうか。藤堂が、遠くに行っちゃうみたいに感じてるのか？　こんなに、近くにいるのに。俺は頬をパチンと叩いた。

「え、黒木くん、どうしたの」

「いや、なんでもない。ネイサンさんとはぜひフレンドになっておくといい。こういう出会いが、長く続くゲーム仲間になったりするから」

「あ、そうなんだ？」

てっきり喜ぶと思ったのだが、藤堂は、そこで一度、言葉を止めた。それから、おずおずと口を開く。

「黒木くんにもそういうひと、いるの……？」

「ああ、いるよ。最低でも月に一回ぐらいは遊んでる」

「へえ……。どんなひと？」

藤堂の言葉は尻すぼみになっていった。顔はこちらに向けていないが、なんだか寂しそうに見える。

「どういう人って……」

藤堂は、なんだか、気まずそうに、もじもじとしているような気がする。

俺は、思い上がった。もしかして藤堂も、俺と同じような気持ちを抱いているのか？　なんて。けれども、もう一人の俺が、平手で頬を叩いて、正気に戻してきた。そんなわけないだろう。むこうは交遊相手に困らない美少女だろ。俺ごときに、そんな感情を抱くわけがない。

「ろくでもないやつばかりだよ。大学にも行かないでゲームばかりやってる男とか、ボイスチェンジャーで声を変えながらゲームしてる男とか」

藤堂はパッと顔を上げた。先ほどまでの表情は消えていた。やっぱり俺の勘違いだったのだ。

「あ、そうか。全員、男の子なんだね。ゲームうまいの？」

「男の子なんて年齢じゃないけど、正真正銘《しょうしんしょうめい》、俺よりうまいやつらばかり」

その分というか、なんというか、癖《くせ》が強いやつらばかりだけど。

「やばっ。黒木くんより強いって、想像できない」

藤堂は驚き、笑い、真面目な顔になる。

「さ、二戦目、二戦目。はやく、しよ？」

勘違いだ。全部、俺の勘違い。

でも、その一言一言に俺の心は乱されるのだ。

15　真白のマシュマロ

依然《いぜん》として、俺と藤堂《とうどう》は、自室でゲームをしていた。

俺は、藤堂に感づかれないように、横目で時計を確認した。時刻は十二時半。そろそろ親や茜《あかね》が起きてくるころだろう。

特に、茜が起きてきたら、まずい。親は二世帯住宅ゆえに、階下にいるが、茜の部屋は同じフロアにあるため、藤堂が帰宅するときに、鉢合わせする可能性が高い。

ところで――友達に帰ってもらいたいときの台詞《せりふ》って困らないか？　俺は困る。なんか追い出すみたいで心苦しいし。でも、一人でやりたいこともあったりして、その狭間《はざま》で揺れるのだ。

結局、歯切れが悪くなり、自己嫌悪に陥《おちい》る。もちろん、今回もうまくいく気がしない。

「藤堂。そろそろお腹《なか》すいたろ？」

「え？　平気だよ。お昼抜くこと結構あるし」

「でもほら、親が心配するだろ？　家に帰らないとさ」

「まだお昼じゃん。外も明るいし。小学生じゃないんだから」

藤堂は俺を見る。じとーって感じ。

「素直に『そろそろ帰ってくれ』って言えばいいのに。わかってるよ、黒木《くろき》くんの気持ち」

「……そろそろ帰ってくれると助かります」

藤堂は自信ありげに頷《うなず》いた。

「よろしい。帰ってあげましょう。きっと黒木くんにも色々とあるんだろうしね」

「そうなんだ。助かるよ」

家族バレだけは絶対にしたくないんだよ。

藤堂は快《こころよ》く納得してくれた。しかし、とんでもない提案もしてきた。

「じゃあ、また来ていいよね？　平日の放課後とか、休みの朝とかさ。あと、夏休みも」

「……そういう話か」

世の中、うまくできている。それとも最初っから藤堂にハメられていたのか。

藤堂は答えなんてわかっているかのように、俺との会話を打ち切った。「んーっ」と椅子の上で伸びをする。フーディーの下に着用していた大きめの白いシャツが体に張り付く。胸がことさら強調されて、さらにその下から影絵のように浮き上がった気がしたので、俺は立ち上がる。

「まあ、次のことは、また今度決めよう。今は、それでいいだろ」

「おっけー。あとさ、もしよければ、お手洗い借りていい？」

「え？　ああ……もちろん、いいけど」

お手洗い。つまり、トイレか。藤堂真白《ましろ》に貸せるほどキレイだっただろうか……？　二階の掃除は俺と茜が、気がついたときにしているぐらいだ。

急に不安になったので、確認だけしてこよう。

「ちょっと待っててくれ。色々と確認してくるから」

「はーい。ごめんね、面倒かけて」

藤堂も、そこは承知していたらしい。当然のように頷き、スマホを操作し始めた。

俺は、室内に藤堂を残し、一人でトイレに向かう。

いたって普通の洋式トイレだ。少し前に丸ごと新しくしたので、キレイなほうだろう。臭《くさ》くはない。芳香剤もある。消臭スプレーも残りはある。適当に噴射。あと、あれだ。音。でも、俺の部屋から離れてるから音も聞こえない――っく、ヘンタイか、俺は。なにを考えても変なイメージがつきまとう。トイレを借りるぐらい、なんだ。人間として普通のことだろ。

俺は一通り確認をしてから、部屋に戻った。意味もなく、もう一度、消臭スプレーを噴射した。

短い廊下を歩き、自室の前に戻った。

「使ってもらっていいぞ。待たせた――なっ⁉」と、ドアを開けた瞬間、目を疑った。

「あ」と藤堂が、俺の姿を見て、動きを止めた。床に座って、手に何かを持っている。

「な、なにしてんだ」

確認したものの、なにをしているかなんて一目瞭然《いちもくりょうぜん》だった。

藤堂真白は、俺の中学時代の卒業アルバムを開こうとしていたのだ。本棚に突っ込んであったものが目についたらしい。特に問題はないと思ったが、こうして考えると、なんかいやだった。見られたくない黒歴史だ。隠しておけばよかった。

藤堂は、開き直ったように、カバーを外した卒業アルバムを俺に突き出した。

「じゃーん。これ見つけた。中はまだ見てないけど、見ていいよね」

「……ダメだ」

中学時代の俺ときたら、とにかく生意気だった。すべてをわかったように話す子供である。人に正論をぶつけることだけが正解だと思っていた。最終ページの寄せ書きも、空白が目立っていることから、友達が少ないのがバレバレ。緩《ゆる》い陸上部に在籍していたけど、一人でずっと走っているようなタイプだった。

「えーっ、いいじゃんっ。勝手に見たら怒ると思ったから、待ってたんだよ」

「あわよくば開こうとしていただろ」

あと数分放置してたら、確実に見ていたはず。

「そんなことないもん」

藤堂は口をとがらせた。

俺はドアの外を指さした。

「トイレ行くんだろ？　早く行きなさい」

「トイレはまだ平気」

「嘘つくな。漏《も》れるから行け」

「も、もれないよっ！　なんてことというのっ」

藤堂の顔が赤くなる。たしかにデリカシーがなかった。

俺は少しだけ反省したが、ここで下手《したて》に出ると立場が逆転するので、押し通す。

「とにかく返してくれ。そして早くトイレに行ってくれ」

「やだーっ、みるーっ」

藤堂は、不思議と食い下がった。卒業アルバムを胸に抱いて、そっぽを向く。アルバムが胸元を押しつぶし、なにかがムニュっと形を変える——じゃなくて。

俺は一歩、踏み出した。

「返せ」

「やだ、見たい。黒木くんの中学時代、気になる」

「また今度、見せるから」

嘘だけど。

「ぜったいうそだ」

バレていた。

藤堂は立ち上がり、逃げようとするが、狭い室内にそんなスペースはない。藤堂は、より一層強くアルバムを抱きしめるしかない。俺がそれを奪うためには、強引に手を伸ばさないといけなかった。

しかし、簡単な話ではない。場合によっては、変なところに手が触れてしまうかもしれない。

それはまずい。かといって、引き下がるわけにもいかなかった。だって、見られたくないし。

「こないで……許して……」と藤堂がそれっぽい声を出す。

「誤解されるからやめろ……」と叱《しか》りつつも、俺は近づくことをやめない。

「見たところで、なにも変わらないでしょ」

「なら、見なくっても問題はないだろ」

俺は、じりじりと近づき——そして、完全に手が届く位置にまで詰め寄った。

藤堂が牽制《けんせい》するように、左手だけを前に出したが意味はない。

「ちょっと！　まって、まって！　それ以上は、やめてっ」

「だから、変な言い回しはやめろ」

藤堂も素直に渡してくれればいいものを、むきになってガードしようとするものだから、なんだかお互いによくわからない体勢となる。

引いているのか、攻めているのか。わからないまま、俺は藤堂の隙《すき》を狙った。

「もういいだろ、返してくれ！」

「いや！　やだっ、あっ、そこはだめぇ」

「変な声を出すなよ！　なにもしてないだろっ」

「へへー、じゃあもうあきらめてくださーい」

「ふざけんな」

俺は強めに手を出す。もちろん体に当たらないように。だが、体勢が悪かった。そして藤堂が避けようとしたのもよくなかった。

「黒木くんも、あきらめ――わっ」

「あっ、おいっ」

その瞬間、俺の体感速度がスローになった。藤堂が後ろ向きに体勢を崩したのだ。自分の体を守ればいいのに、右手はアルバムを抱《かか》えていた。空《あ》いた左手は背中側に伸ばされている。体重がかかったら、腕が折れてしまいそうだ。

助けようと、手を伸ばす。だが、俺も無理な姿勢をとってしまっていたから、踏ん張りがうまく利《き》かなかった。藤堂の背中に手を回すことは成功したが、そのまま一緒に倒れ込んでしまう。

どしん、と音。ついで、静寂《せいじゃく》。

俺は床を見ていた。藤堂は天井を見ている、はず。

二人の体が、重なっていた。互いのお腹あたりにアルバムが挟まっている。俺の腕は、藤堂の柔らかい体の下敷き。彼女の呼吸音が、すぐそばに聞こえる。体温を感じているのは、気のせいじゃないだろう。顔を少し動かせば、とんでもない状況になる。

どんな言葉をかければよいのかもわからず、動くこともできない。鼻がくすぐったいのは、藤堂の髪が触れているからだろうか。いい匂いがする……。頭がクラクラしてきた。

「ご、ごめん……黒木くん、大丈夫……？」

「……俺は平気だけど。藤堂は、ケガしてないか」

「あ、うん……してない、けど」

歯切れの悪い物言いだった。まさか、どこか痛むのだろうか。

「本当に大丈夫なのか？」

言いつつ、俺は起き上がろうとする。近くにある藤堂の顔なんて見られるわけがないので、そっぽを向いたまま、空いていた左手に力を入れようとして――。

「あっ」

藤堂の、聞きなれない甲高《かんだか》い声。まだふざけてるのか――と思ったが、違った。

「……、……!?」

声にならない声をあげているのは、俺である。口がパクパクと動いている気はするが、肝心の声が出てこない。その代わりに、冷や汗が出てきた。

とんでもない状況だった。

ふざけているのは俺のほうだったのだ。

俺の右腕は依然として、藤堂をかばうように、体と床の間にあった。藤堂のやわらかい感触を意識しないように、こわばっている。

では、左手はどこに行った？　右腕を気にしすぎていた。俺の左手は、やけに温かい場所に、添えられていたのだ。それは、部分的にやわらかい部位だった。それなりに固い部分もあったので錯覚していたが、固い奥には、ものすごく柔らかい何かがあった。

胸だった。

俺の左手は藤堂の胸の上に置かれていたのだった。

「あ、わ……」

終わった。どうすればいいのか。焦《あせ》る。テンパる。むにむに、と勝手に手が動いた。

藤堂が叫ぶ。

「あっ、だめだって……！」

「ご、ごめん！　本当にごめん！　体がうまく言うことをきかないんだっ」

手がこわばって、うまくどかせない。信じられないが、本当だ。驚きすぎると、手の動かし方を忘れるらしい。

藤堂は顔を真っ赤にして目を瞑《つむ》っている。

「く、黒木君、とりあえず、気にしてないから……どいてもらっていい……？」

「わ、わかった！　わかってる！」

俺はアホである。起き上がろうとしたが、これ以上、左手に体重をかけられない。だから、右手に力を入れようとした。藤堂の体の下敷きになっているのに、無理やり。

ぐにゅっと、腕が変な方向に曲がった。

「ぐあっ」

鈍《にぶ》い痛み。左手に力を入れるわけにはいかない。結果、自分の体重を支えられず、重力に負けた。

「きゃっ!?」

あろうことか、俺は藤堂の体に、顔から突っ込んだ。だが、痛みはない。めっちゃ柔らかいクッションに救われた。

……もういい。わかってる。

人間の体にクッションなんて、あるわけがない。仮にあるとしたら、それは、藤堂の胸に違いなかった。ようするに俺は、もう一方の胸に、顔を押し付けているということになる。

めっちゃあったかい。じゃなくて。

すっごいやわらかい。でもなくて。

おそろしいくらい、いい匂いがする。なんて言ってる場合か。

……終わった。すべてが終わった。

だが、災難には、まだ続きがあった。

がちゃり、とドアが開いた。誰かの気配。第三者の登場だった。

「にいに、うっさいよぉ。目、さめちゃったぁ……ふあぁ……ん？」

俺と藤堂は、示し合わせたように、ゆっくりとそちらを見た。

開いたドアの先に、我が妹がねぼけ眼《まなこ》で立っていた。アニメ調の黒猫がいくつもプリントされたパジャマを着ていた。それだけを切り取れば、実に日常的な光景だった。

だが、どう見たって、今の状況は異様だ。茜の目には、どう映っているだろうか。藤堂真白が、床に倒れている。俺はその上におおいかぶさって、左手は背中へ回り、右手はあいかわらず胸の上だ。

うん。わかった。

どう考えても、俺が藤堂を襲っている。

「あ、茜……説明させてくれ……！」

「……え、え、え？　にいに、なにしてんの……？」

「これには事情が……っ」

茜の眼が、猫の目のように丸く広がる。

「事情って……そもそも、だれ、その女の子！　にいに、なんで押し倒してるの⁉　まさか、女子を騙《だま》して部屋に連れ込んで……⁉」

「すべてを全力で勘違いするな！」

いや、勘違いされても仕方がないのはわかっている。悪いのは俺だ。それでも、否定しなければならない。

茜は口元に手を当てた。

「あわわわわっ、た、たいへんだぁ！　にいにが捕まっちゃうっ！」

「落ち着け！　勘違いしてるだけだから、落ち着け！」

「通報しなきゃ、社会のために通報！　えっと、117だっけ⁉」

「社会に貢献《こうけん》しないでくれ！　いや、まて、それは時報だ」

「も、もしもし、あの！　え？　まじ？　わあ、もうお昼すぎてるんだぁ、寝すぎたぁ。時報って便利だねえ――じゃなーいっ」

茜は、スマホを持った手を振り上げて、見事なノリツッコミをしてみせた。

こいつ、わざとやってんのか？　いや、頭脳は明晰《めいせき》だが、俺の妹だ。焦るとテンションがおかしくなるのは、黒木家の遺伝だろう。つまり、正常ってこと。

＊

嵐が過ぎ去って、なお、船は陸地にたどり着くことなく遭難中だった。船長の名前は、黒木陽《よう》。ようするに、俺の危機は去っていなかった。

茜は俺のベッドに。藤堂は俺の椅子に座っていた。

そして俺は床に直接正座している。部屋の主《あるじ》のはずなのに。

茜が大げさに嘆息《たんそく》した。

「にいに、見損《みそこ》なったよ。一生、正座してなさい」

「全部説明しただろっ⁉」

時間をかけて、俺と藤堂の関係を全て説明したというのに、この仕打ち。

茜はわざとらしく首を左右に振ると、藤堂を見た。

「それにしても、こんなに可愛いお姉さんが、にいにの部屋に来るなんて……彼女かと思ったけど、ランクが違いすぎてヤバい……」

「いや、そんなことないです……」

藤堂は、恥ずかしがるように、髪を何度か手ですいた。褒《ほ》められることには、慣れているはずなのに、変な奴だ。

藤堂はふと、俺に目を向けた。不思議そうな視線を向けられていることに、気がついたらしい。眉をしかめると、俺にだけわかるように、唇を動かす。正確にはわからないが、多分こう。

「(黒木くんのバカ……)」

お互い様だろうが——いや、同じじゃなかった。それにしても、バカってひどい言い草。そのあとに、なにかが続いた気もするが、読み取れなかったし、どちらにせよ、バカにされているのは確実だ。

「ふーん……?」

茜が俺と藤堂を見比べてから、何度も首をかしげた。

「それにしても、お姉さん、どっかで見たことある気がする……。あたしたち、会ったことありましたか?」

藤堂は小さく首を横に振る。

「たぶん、初めてだと思うけど……。お名前は、『茜ちゃん』でいいのかな」

「ええ、そうです。黒木茜です。愚兄《ぐけい》がいつもご迷惑をおかけしてます」

おい、なんで俺が迷惑かけてるの確定なんだよ——と口を挟もうとしたが、茜に横眼で牽制《けんせい》されたので、ぐっと黙る。

藤堂はぺこりと頭を下げた。

「わたしは藤堂真白っていいます。よろしくね、茜ちゃん」

そのとき、茜は眉をしかめた。不快感からではなく、なにか、記憶を刺激されたようだった。

「藤堂真白さん……ですね。こちらこそ、よろしくお願いします」

茜は座ったまま背筋を正し、重ねた手を膝《ひざ》あたりに置いて、礼儀正しく頭を下げた。たいして成長もしないチビっ子だというのに、ずいぶんとデカく見えるぜ……。

我が妹は、俺と同じくらいゲームに時間を割いているし、本能のままに発言しながら配信をしているというのに、現実では高偏差値の実力派お嬢様中学校に通っているのだ。当然、学校では猫をかぶっているのだろう。

負けてはいられないと思った。俺は先ほど飲み込んだ言葉を吐き出した。

「迷惑なんてかけてないぞ。そもそも、こっちが藤堂の面倒を見てるんだ」

茜は再び、睨《にら》みを利かせてきた。

「にいには黙りなさい。ヘンタイ行為が許されたわけじゃないんだよ」

「すみません……」

あまりにも不憫《ふびん》に思ったのか、藤堂が助け船を出してくれた。

「でも、あれはわたしがちょっと調子乗っちゃったのもあるし……黒木くんだけが悪いってわけでもないし……」

「だよな⁉」

藤堂はいいことを言うよ。あれは、卒業アルバムを取り返そうとして、俺が力任せに手を伸ばしたせいで、相手が倒れて、そのまま押し倒す形になって、助けたつもりが、胸に手を当ててしまって、最後には、顔まで突っ込ませただけだ。

確実に有罪じゃん……。

青い顔をしているだろう俺を見て、茜は小さく息を吐く。

「あの状況で真白さんが悪いなんてこと、絶対ないですから。それでも兄を許してくださってありがとうございます」

茜はそこで、「とうどうましろ……？」と、名前を分解し、確かめるように、小さく呟《つぶや》いた。

誰かの反応を待つことなく、言葉を継ぐ。

「あの、やっぱり、一度、お会いしたことがあるようなないような……なんだか藤堂真白って名前、聞いたことがあるんですが……？」

藤堂が気まずそうに居住まいを正した。

「茜、それは、もういいだろ。とりあえず、俺を解放してくれ。この話は終わりだ」

場所によっては、一階に声が響くこともある。これで、両親まで会話に交ざってきたら、収拾はつかない。地獄絵図の完成だ。

茜は腕を組んで、首をひねりっぱなしだ。どうしても、気になるらしい。

藤堂は、緊張を和《やわ》らげるように、「ふう」と息を吐いた。狭い部屋に三人がいるせいで暑いのか、胸あたりを手でパタパタとあおいでから、あらかじめ持参していたペットボトルのお茶のキャップをおもむろに開けて、口に運び——飲んだ。

思ったよりも、喉《のど》が渇《かわ》いていたのだろうか。おいしそうに喉を動かす。その姿はどこか艶《つや》めかしく、俺と、そして茜すらも見惚《みと》れてしまった。

顔を傾けて、ペットボトルに口をつけたまま、藤堂は視線をこちらに向けた。それから、ゆっくりと姿勢を戻し、キャップを締めながら、顔を赤らめる。

「あんまり、じっと見ないで……」

「あ、ごめん……」

俺が謝る横で、茜がすっとんきょうな声をあげた。

「あああああああっ⁉」

茜のお嬢様モードは、強制解除されたらしい。ぶしつけに、藤堂へ人差し指を向けながら、立ち上がった。

「わ、わかった！　いまので思い出した！　とうどうましろ！　藤堂真白って——芸能人じゃんっ⁉　ほら！　にいに、あの、飲み物のCMに出てたじゃんっ⁉　なんだっけ！　清涼飲料水のさ！　めっちゃバズったやつじゃん！　知ってる⁉　にいに⁉」

知っているよ、ずっと調べてたんだから。

そして、落ち着け妹。その気持ち、俺にもわかるから。

「あわわわわ、ゆ、有名人じゃん……⁉」と慌《あわ》てる親族を見て、やはり血の繋がった妹だな、と安心する俺であった。

16　お宅訪問

何度思い返してみても、大変な週末だった。藤堂《とうどう》と茜《あかね》が出会ってから、数日が経過していた。

つまり、俺が藤堂の体に触れてから数十時間が経過したというわけだ。

そろそろ感触を忘れる――こともなく、様々な情報はしっかりと脳に銘記されており、寝る前には、一人しかいない自室で唐突に一連の出来事を思い出し「うおおおお」と叫びたくなる。いや、実際に叫んでいた。

一つ、大きな変化があった。藤堂は、あの日から、毎日、我が家に遊びに来ているのだった。夏休みが始まってもいないというのに、我が家でバカンスを楽しんでいるというわけだ。

すべては我が妹のせいである。

あの騒ぎの時、俺と藤堂が、とりあえず一度限りの約束で遊んでいることを知ると、茜は必要以上に騒いだ。「え⁉　こんなに可愛い女の子が家に遊びに来るとか、さいこう！　あたしも、あそびたーいっ、真白《ましろ》さん、あたしとも遊んでーっ」などと、甘え始めたのだ。

藤堂も、まんざらではない様子で「一人っ子だから、妹できたみたいでうれしい」とかなんとか。

女子の距離感って本当によくわからない。とにかく茜は、藤堂真白と仲良くなり、ゲームを一緒にする約束をした。だから、藤堂も毎日、我が家に来る理由ができたというわけだ。

さらに数日が経過した頃には、我が家の狭い玄関で、手を取り合う二人の姿があった。

「茜ちゃん、今日も来ちゃった」

「マシロちゃん、こんこんー、毎日来ていいよぉ」

「わ、やった。できるかぎり毎日来るね」

二人で、わーと騒いで、俺が中に入れずに黙って見ていると、二人とも、さーっと散って、それぞれの元の行動に戻る。

茜は飲み物を持って自室へ。

藤堂は靴を脱ぐと、俺をさらっと見て、「黒木《くろき》くん、今日も楽しも?」なんて大人びた笑みを浮かべるのだった。ほんと、なんなんだ、コイツは。

藤堂はにやりと笑う。

「茜ちゃん、毎日、来ていいって言ってたね」

「俺は言ってないし。というか、夏休みも始まってないのに、遊びすぎだろ」

毎日遊んでいる俺が言うのは説得力がないけども。

「へー? 夏休み始まったら、毎日来ていいんだね」

「……そうとは言ってない」

「あはは。まあ、夏休み始まったら、少し自重《じちょう》するから、今だけ許してよ」

普通は逆だろ、などと思いつつも、黙って、藤堂を見ていた。どこで着替えてくるのか不明だが、藤堂は一度、制服から私服へ着替えて、我が家にやってくる。

藤堂は俺に背を向けて、身を屈《かが》めると、自分の靴をそろえる。ついでに俺の脱ぎ散らかしたサンダルも直してくれる。そういうところが、藤堂の凄《すご》いところだと、ここ数日で知った。陽キャだの陰キャだの、そういうことではなく、人間力が高い。

だが、今日の服はスカートがやけに短いので、さっと視線を逸《そ》らした。数日間過ごして、こういう天然っぽいところがあることも、わかった。

俺が小さく息を吐くと、勘違いをした藤堂が、ぷくうと膨《ふく》れた。

「だから、夏休み始まったら、毎日、来ないってば。そんなに、わたしと遊ぶのイヤなの？」

「あ、いや、そういうことじゃなくてだな……」

パンツが見えそうだった、なんて言えるわけがないだろう。

藤堂は腕を組んでプンプンとしている。その両腕で胸が寄せられて、谷間を作っている。そういうところに、ため息をついたのだが、もちろん説明できるわけがなかった。

正直に話そう。

実際、俺は、気疲れしていた。藤堂と遊ぶことがいやなわけじゃないが、とにかく消耗するのだ。美人と一緒にいると、例えば、炭酸を飲んだ後にゲップをすることすら気が引ける。

あとは、部屋が汚くないかな、とか。服が臭《くさ》くないかな、とか。寝ぐせついてないかな、とか。あと、藤堂がやたらとヒラヒラした服を着てくるから、何かが見えそうで視線に困る……とか。なにもかもが、疲れる。

すでに定位置と化してしまった俺の椅子に、当然のように座る藤堂へ、俺はおそるおそる尋《たず》ねる。

「あの、藤堂さん？　今週、毎日来てるけど、まさか週末は来ないよな……？」

「もちろん――」

「……！　そうだよな！」

「来るよ！」

「……、……そうだよな」

笑顔で俺の話をぶった切ってくる。言い返せばいいのだろうけど、その笑顔を見ると、俺は何も言えなくなるのだ。

それに、疲れるとはいえ、つまらないとは言ってない。

女の子とゲームをするってだけでドキドキするし。その相手が、西曰《いわ》く『芸能人の美少女』であれば、なおさらだ。

実際、疲れることすら、心地がいいのかもしれない。それほどに、俺の心臓がバクバクといっているのだから――で、気がついた。

ああ。これって俺のほうがずぶずぶにハマっているんじゃ？　なんて。

＊

その夜のことだ。俺は数少ない友人の一人に、久しぶりにゲームに誘われた。連日の藤堂真白イベントで体力を使っていたものの、せっかく誘ってくれたのだし、遊ぶことにした。

かつて、アマチュアチームで一緒に活動をしていた男である。出会ったとき、相手は高校生だったが、今は大学生らしい。けど、オンラインフレンドに年齢差は関係ない。

名前は、ボイチェンという。ボイスチェンジャーのボイチェンだ。

そいつが話すたびに、聞こえてくる声は女性のものなのだが、それはどこか違和感がある。

実はボイスチェンジャーで変換した音声なのだ。男性の声を、機械でつくった女の声に変換しているわけだ。

なぜ、わざわざ声を変えているのかといえば、ゲームをしていて興奮し始めると、ボイチェンは口がめちゃくちゃ悪くなる。それゆえにトラブルになることも多々あった。

しかし、自分の声が女性ならば、言葉も柔らかく聞こえるのではないかと考えたらしい。それからずっと、こいつはボイチェンである。変わったやつだが、気は合った。

そんなボイチェンが、ゲームをしている最中に、こんなことを言い始めた。

『クロウ、おまえ、なんかあった？』

もちろん遠方同士、オンラインでゲームをしているので、会話はボイスチャットだ。

「何の話だよ」

『いや、久しぶりに遊ぶけど……クロウのプレイが変わったというか。なんか、うまくなった』

「まじで？」

自分ではわからないけど……。

『まじだよ。で、なんかあったんか？』

「別に特になにもないけどな」

なんて言いつつも、頭の中には藤堂真白の笑顔が入り込む。

『もしかして、気の合うゲーム仲間でも見つけたとか』

「ど、どういうことだよ」

めちゃくちゃ鋭い指摘をされて、若干《じゃっかん》、うろたえてしまった。

『クロウは、変なところが真面目《まじめ》だからなあ。チームが空中分解してから、ゲーム、つまらなくなってたろ？』

「ああ、まあ……」

たしかに、そうだ。ゲームが苦痛になっていた時期もある。

俺が所属していたアマチュアゲーミングチームは、腕に覚えのある学生たちで結成されていた。しかし、大半が中学生やら高校生であるから、言い争いが絶えなかった。そして、お決まりのように、関係に修復不可能な亀裂《きれつ》が走り、チームは解散となった。

俺は、言い合いが喧嘩に発展するたびに仲介役として間に入っていたから、心労が絶えなかった。そしていつしか、強くなるためのゲームを苦痛に感じていた。実のところ、解散したことにホッとしていた。

俺は昔を思い出し、言い返す。

「いや、待て。俺の心労の三分の一はボイチェンの口の悪さが原因だろうが」

『ははっ。そんなこと言うならエスの野郎だって同じだろ?』

その通りだ。エスも口が悪く、よくボイチェンと喧嘩していたっけ。

「なんで俺の周りには、そういうやつしかいないんだ……」

『可哀そうだなあ』

「他人事《ひとごと》みたいに言うな」

『クロウは誰かの面倒を見る運命なんだよ——で、話を戻すけどさ。楽しくゲームができる相手、できたんじゃねーの?』

「なんで、そう思うんだよ」

『いや、だって、楽しそうだから。久々に見たぞ、クロウが楽しそうにプレイしてるの』

「……なるほど」

言われるまで、自覚はなかった。けれど、確かにそうかもしれない。藤堂と遊んでいるときには『つよくなりたい』ではなく『たのしく遊びたい』という思いが強い。藤堂が楽しそうに遊んでいるのを見ると、俺もそっち側に行きたくなるのだ。

『クロウは、チーム内でゲームを楽しんでいる最初期が、一番強かったよな。ぶっちゃけ六人

うか？

強くなるよりも、楽しみたいと願ったがゆえに、逆に強くなる。そんなことってあるのだろうか？

『ははっ、まあ、これからも精進《しょうじん》したまえ』

もしも、本当にボイチェンの指摘が正しいのなら、強くなった原因は、藤堂真白にあるということだ。

「過去形かよ……」

のなかで上位だった気がする』

答え合わせは、数日後の夜に行われた。

この日は、ボイチェンの永遠のライバルである『エス』からゲームに誘われていた。そこへ茜も交え、三人でゲームをすることになった。

ゲームを始めてから一時間ほど経過した頃だろうか。茜が不思議そうに言った。

『なんかさ……にいに、うまくなってない？　プレイが安定してる気がする』

そこにエスが乗っかった。

『あ、それ俺も思った。なんかあったんか？　いいコーチでも見つけたんか？　それともいいゲーム仲間でも見つけたんか。俺たちがいるってのに、浮気者め』

仲が悪いくせに、ボイチェンと同じことを言う。ただし、黙っている。「ボイチェンと同じこと言ってるぞ」と告げたら、絶対に機嫌が悪くなるから。

茜がとんでもないことを言い始めた。

『まさか、マシロちゃんパワーなのかな。美少女って、そんな機能までついてるの？』

エスが戸惑《とまど》う。

『マシ……？　なにパワー？　美少女？』

『女子パワーってこと。ほら、この前、話したじゃん。女子の影ありって。あれ、本当だった』

『え……美人局《つつもたせ》だったのか……？　クロウ、ドンマイ……』

ガガーン、という効果音が聞こえてきそうである。

さすがに口を挟んだ。

「ちげえよ。茜もいい加減なこと言うのやめろ。藤堂に失礼だろ」

『ごめんなさい。もうやめまーす』

茜の宣言と共に、あっけないほど簡単に別の話題に移った。


それにしても、どうしたことだろうか。俺のプレイがよくなった？

最近、練習なんてしていない。藤堂とひたすら遊んでいるだけだ。それでゲームがうまくなるなんてこと、あり得るんだろうか？　でも、三人から言われたら、信じるしかない。

皮肉なものだ。いやになるくらい反復練習をして、知識を増やして、チームメンバーの喧嘩の仲裁をして、疲れ果てて、それでも頑張って、頑張って、頑張って練習して——それなのに、成績は伸びず、チームも瓦解《がかい》してしまい、結果、俺も活動をやめて、ただのゲーム好きに戻ってしまった。

全部に疲れて、全部を諦《あきら》めたはずなのに、いつの間にか、欲しかったものが手に入っていたなんて、そんなことあるだろうか。

俺にとって、藤堂は、それほどまでに大きい存在なのだろうか……？

＊

『ゲームがうまくなった』と言われ、まんざらでもない気持ちだったし、藤堂と一緒にゲームをしていて、優越感みたいなものがないわけでもなかった。

いつもと同じ毎日であるはずなのに、俺の心は浮き足立っていた。失《な》くしたはずの感情を手にした俺は、舞い上がっていたのだろう。

だからこそ、気がつくべきだったことにも気がつけなかった。何度か、分岐点があったにもかかわらず、そのまま直進してしまった。

藤堂真白という完璧な存在の、その完璧さゆえに目立ってしまうような歪《いびつ》さに、俺だけが気がつけたはずだった。

でも、無理だった。

何かが起こるまで、俺は行動ができなかったんだ。

調子がよすぎる俺に反して。

藤堂はここ数日、どこかおかしかった。

たとえば笑顔。笑っているようでいて、目が笑っていない。いや、世間的な基準で言えばそれは笑顔だ。完璧すぎるスマイルである。だけど、どこか歪。完璧ゆえに違和感がある。

ゲームで上手《うま》くいったときに見せてくれる「やったー！」という声と共に出てくる笑みとは全く別のそれは、藤堂真白にとって、不和でしかなかった。

ノイズは藤堂真白をおかしくしていく。

小さなズレが、大きな歪《ゆが》みを生み出していく。

答え合わせは唐突に始まった。

17　問題

不思議なこともあるものだ。

ゲームの練習を真面目《まじめ》にしていたときは常に限界を感じていて、藤堂《とうどう》と遊んでいただけのはずがあっけなく壁を乗り越えていた。

そんなことってあるのだろうか？


いつもの教室。俺の席の後ろで、藤堂が相槌《あいづち》を打っていた。

「そういうこともあるんだ？　不思議だね」

同感だ……、とは言い返さない。

藤堂と俺は、教室では、話をしないのだった。約束しているわけではないのだが、そういうことになっている。

海に誘われたあとも、インテリギャルグループは定位置で騒いでいる。たまに視線を感じるのだが、藤堂真白《ましろ》のご指名ということで、表立って話題になることはない。ありがとうございます、藤堂真白様……と感謝しそうになったが、そもそも誘ってきたのはアイツだった。

藤堂に『お前とゲームしてたら、知らないうちにゲームが上手《うま》くなってた』なんて伝えたら、喜ぶだろうか。それとも調子に乗るだろうか。とりあえず「お前って言わないで？」と怖い笑顔で怒られるだろうが、そのあとは笑ってくれるかもしれない。

いや、だからどうした。なんか、おかしいぞ。そんなことを考える男ではなかったはず……！

もうすぐ夏休みだから、浮かれているのだろうか。梅雨《つゆ》も明けて、快晴が続いており、否《いや》が応《おう》でもテンションは上がる。

いたって平和な日々だった。しかし、そういうときこそ問題は起きるものだ。いや——ずっと起きていたのに、気がつけなかっただけだったのだけども。

妄想ばかりしていたのに、想像が働かなかったというわけである。じつに情けない。

＊

放課後。帰るために廊下を歩いていると、スマホに着信があった。

藤堂からの連絡であることは、いつも通りだったが、内容は違った。『今日も、黒木《くろき》くんの部屋に遊びに行けない』とある。

「ふむ……」

俺は複雑な感情が胸に去来《きょらい》しているのを感じて、意味もなく、声を出す。

そっちのほうが当たり前なのだが、胸にぽっかりと穴が開いた気持ちになるのはなぜだろうか。

『今日も』ということは、『昨日も』ということである。つまり二日連続、俺たちは遊んでいなかった。去年なんて一年もの間、遊ぶどころか、言葉を交わしたことすらなかったのに、たった二日、一緒にゲームをしていないだけで、どこか物足りない。

「なにを考えてるんだ、俺は……」

首を振りながら、階段を下りる。

女々《めめ》しさ通り越して、恐ろしい。まるで藤堂と付き合っているような思考――。

「いやいや！　そんな勘違いはしていない！　絶対に！」

ちょうどそのとき、階段の下から一年の女子が上ってきて、俺をすごい目で見ていた。とんでもない事態だったが、知らんぷりをした。こんな二年生になるなよ、と心で語りかけたが、なりたくたってなれないだろう。

女子とすれ違ってから、さらに小さく呟《つぶや》く。

「俺、なにやってんだろ……」

クラスどころか全国でも有数の美少女とゲーム仲間になり、何度も遊んだ。結果、腕前が上がった。ゲームは遊びだと藤堂に言いながらも、真面目に悩んだりしている。

「アイツといると、おかしくなる……」

藤堂真白の影響力、恐るべし。まるで現代の魔女である――なんて口にしたら「お姫様って言って！」と怒る姿まで、脳裏によぎるのだから、よっぽど重症だ。

帰り道を、だらだらと一人で歩く。高校から家まで歩いて数十分だ。

自転車を使えばいいんだろうけど、スマホを手に持つこともできない移動手段なので、徒歩一択である。位置情報ゲームもはかどるし。

住宅街にさしかかる。家と家の隙間《すきま》に作られたような小さな公園の脇に、これまた小さな車が停まっていた。なんていったっけ、思い出せない。ミニカーみたいな、赤い車だ。ゲームで乗ったことはあるが実物を見るのは初めて。想像より小さくて、おもちゃみたいだった。

通り過ぎようとしたところで、運転席の窓が開く。中から、男性が声をかけてきた。

「よ、少年。久しぶりだな」

「……？」

「おいおい、もう記憶力が低下してんのか？　それとも、マシロにしか興味ないってか」

眉をしかめながら、それでも愉快そうに、ダンディなオッサンが降りてきた。黒基調の、洒落た格好をしている。まるで、昔のドラマの探偵みたいな服装にも見えた。

「あ、藤堂の叔父《おじ》さんの、コーヒーの……」

「そう。喫茶店のマスターだ」

片方の口角を上げて、ニヤリと笑うマスター。とげとげしい印象はなく、むしろ好意的に感じられる。当初の印象だと、気難しい感じがしていたので、少し意外だ。

それにしても、おかしな展開だ。俺のもとに、なんで喫茶店のマスターが訪れるんだ？　しかも、わざわざ俺の帰りを待っていたようにも見える。

「……あの、藤堂になんかありました？」

考えなしに出た言葉に、自分がびっくりした。

たしかにそうだ。藤堂真白に、なにかがなければ、こんな状況になるわけがない。

病気？　怪我？　まさか、事件……？

血の気《け》が引いているだろう俺の顔を、面白そうに眺めていたマスターは、手をひらひらと振った。

「いや、ない。なーにも、ない。今のところはだけどな」

ないのかよ。焦《あせ》ってしまって、恥ずかしい……ん？　今のところは？

マスターは俺が質問をする前に、言葉を続けた。

「それにあったとしても、キミに会いに来る理由にはならんだろ。親族じゃあるまいし」

「……確かに」

それは、そうだ。仮に何かがあったとしても、俺は、藤堂家にとって、ただの他人だ。勝手に重要人物だと勘違いしていることこそ、本当に恥ずかしいことだ。

「そんなに落ち込むなよ。冗談だ」

「じゃあ、一体、なんの話なんですか」

「しかし——たとえば、親族が解決できない話だったらどうなる？」

「え？」

「たとえば何かが起こったとして。そしてそれを親族では解決できないとしたら……そしたら少年に頼るだろう？　というか、彼氏ならもっと積極的に行動しろよと言いたいところだが」

とんでもない発言に大きく首を左右に振る。

「いや、彼氏じゃないです！」

「あー？　なんだ、まさか真白が遊ばれてるのか？」

「違いますって！　天に誓って、ないです」

「じゃあなんだよ。男と女が、わざわざ休日に二人きりで会ってんのに、ただの友達とか言うのか？」

「友達というか……俺たちは、ゲーム仲間です」

友達じゃなくて。ゲーム仲間。目的のある集まり。

マスターが喉《のど》で笑った。

「友達じゃなくて仲間、ね。それこそ青春だと思うけどな。まあいいさ。キミが――えっと名前なんだっけか、すまん。年取ってから、物忘れが激しくてね」

そういえば、藤堂が「あの人、美人の名前しか覚えられない呪いにかかってるから、何回も名前聞かれると思うけど、気にしないでね」と言っていたが、まさか本当だったとは。

「黒木陽《よう》です」

「そうか、黒木くんな。覚えたぞ。俺は渡來《わたらい》旭《あさひ》だ、よろしくな。真白の母親の弟。つまりアイツの両親が離婚したら、渡來真白になる可能性があるってこと」

まったく笑えないブラックジョークだ。

握手を求められたので握り返す。強くは握られていないのに、やけに力強さを感じる手だった。

俺は話を戻した。

「ということは、やっぱり藤堂になにかあったんですよね？」

「あったというか、今もあるし、これからもありそうなんだよ。そしてそれは親族では解決できそうもないし、かといって放置しておくわけにもいかない叔父の苦悩ってわけ」

「……？」

よくわからない。

渡來さんは車のドアを開けると、俺に乗るように促《うなが》した。

「もう親には対処不能、俺にも荷が重い。となれば、心を許してるらしい黒木陽くんに頼る以外にないと叔父は判断したのさ。情けないって笑ってくれてもいいぞ。おっさんの心は打たれ強いからな」

最後までよくわからないまま、俺は車に乗り込んだ。

車が走りだしてから、数分が経過した。住宅街を抜けて、国道へ。小さい車だから揺れるかと思ったが、乗り心地は悪くない。

　渡來さんは加熱式タバコのスティックを口にくわえながら、ぽつぽつと話し始めた。それは俺の知らない、藤堂真白の半生だった。

「もともと、真白は芸能界なんかに興味はなかったんだけどな。俺のねーちゃん……つまり真白の母親が昔、舞台女優だったんで、そういう流れになったんだ。ねーちゃんは俳優に憧《あこが》れて、俺も小さい頃、よく、演技に付き合わされたよ。そういう強引さが、あるんだよな」

　強引……。

「美少女コンテストの出場も、母親の意向ってことですか？」

「そう、母親の意向だ。でも、あの外見だろ？　意向がなくたって、当然のように受賞するわ、大手事務所に所属するわ、すぐにＣＭ決まるわ、ついでにバズるわなんだで、とんとん拍子《びょうし》に真白の世界は変わっていったんだ。でも、真白は耐えられなかった。あいつ、俺に似て、気遣《づか》い屋で、人見知りで、他人に気を遣って自分が疲れちまう、センシティブな性格なんだよな」

　ツッコミどころ満載だったが、聞きたいことは他にある。

「耐えられなかった、っていうのは……？」

　学校だと楽しそうに笑ってるし、俺とゲームするときだって面白そうだ。精神的に追い詰められている感じはしなかった……。

「真白はガキの頃から、自分を誤魔化すのがうまいんだよ。他人におもちゃを奪われても、『別にいいの、飽きてたから、別ので遊ぶの』みたいにな。だから、演技をさせてもうまかった。ねーちゃんから受け継いだ才能を、そんなふうに使うなんて、なんだかなと思うけどさ」

「演技をする、才能……」

たしかに、言われてみれば、思い当たるシーンはあった。

「あいつ、学校でも八方美人でうまく立ち回ってるんだろ？　同じ学校なら、俺の言っている意味がわかるんじゃないか？　あいつの表情って、つくりものみたいにキレイだろ。あれ、感情が入ってないんだよ。相手を馬鹿にしてるんじゃなくて、自分を殺してるって感じだな」

「……わかります」

藤堂の笑みは完璧だと思った。でも、一緒にゲームをしていて、それが作り笑いだと気がついた。だって学校でのアイツは完璧すぎたから。俺に見せる、わがままで、真っすぐで、表情をころころと変える藤堂真白が、本物のアイツなんだ。

「というわけで、そういうことを繰り返してたら、真白には限界がきた。それでもなんとか自分を誤魔化して生きてきたらしいが、とうとうダメになった」

聞くのが怖かった。でも、聞かねばならなかった。

「ダメっていうのは、具体的に、なにが起きたんですか」

「最近、レッスンに行ってないらしい。だから、母親ともいさかいが絶えないし、家にもあんまり帰らないでブラブラしてるようだ。俺の店にいないときは、どこにいるんだか、わからないけどな」

放課後の階段踊り場、そして俺の家だ。でも、今は、そんなこと言ってる場合じゃなかった。もっと、聞きたいことがあったから。

「藤堂が、レッスンに行ってない……？」

そんなことはないはずだ。

だって、約束した。俺と、夏休みのレッスンには行くって約束したんだ。その代わりに俺の家に遊びに来ているわけで――いや、待て。藤堂のことだ。きっと「夏休みのレッスンは行くよ？　でも平日は行かない」とか言い返してきそうだった。

渡來さんが俺に嘘をつく必要だってない。そうすると藤堂は、本当に、レッスンに行ってない……？　俺と、階段踊り場でゲームをして、レッスンをサボってたってことか？

渡來さんは俺の想像を見透かしたみたいに言った。

「もう三か月ぐらいになるんじゃないか？　レッスンをサボり始めて。いや、四か月か？」

四か月。なら、俺と一緒にゲームをする、さらに前のことだ。つまり、俺が直接関係していたわけではない。

「そうだったんですか……」

言葉を返しながら、気がついた。

藤堂真白。アイツはゲームをしたいからこそ、自力であの階段踊り場を見つけ、そしてゲーマーの俺と出会ったのだと思っていた。

しかし、そうではなく、何かから逃げた先に、ゲームがあっただけだとしたら？　そこに偶然、俺が現れて、逃げる先が定まっただけだとしたら――いや、もうやめておけ。それ以上考えるのは、体に毒だ。俺はいつだってネガティブすぎる。

だが、思考は止まらない。

藤堂はこの前『ゲームをするのが楽しいから、レッスンを休みたい』と言っていた。言っていたよな？　だから俺は、焦《あせ》ったんだ。俺と一緒に遊ぶのが楽しいだなんて恐れ多いぞ、と。そのためにレッスンまで休ませたら心苦しいぞ、と。

けど、本当は違ったんじゃないか？　藤堂は俺と一緒に遊ぶのが楽しいんじゃなくて――レッスンから逃げた先に、楽しいものを作り出しただけではないのか。

つまり、逆だったのか……？

藤堂真白は、俺とゲームがしたいから、レッスンを休むのではなくて。

レッスンなんて忘れたいから、その現実逃避のためにゲームと……俺を選んだんじゃないか？　そうすることで理由ができるから。言い訳ができるから。自分を誤魔化すことができるから。

「……、……っ」

大切なものを、どこかに落としてしまったみたいな気持ちになった。仲のいい友達が、別の友達と親密な関係になっているのを目の当《ま》たりにしてしまったような、複雑な感情だ。

藤堂真白が悪いわけでは、決してない。現実逃避なんて、俺のほうがしている。

だから、悪いとするなら、俺のほうだ。勝手に舞い上がって、浮かび上がって、一気に地面に叩きつけられたのだから。

「おい、大丈夫か？　いきなり黙って」

渡來さんが腕を軽く小突いてきたので、現実に戻ってこられた。そうじゃなければ、イヤな想像に心を圧殺されそうだった。

「ああ、いえ……それで、そんな状況で、俺になにをしろっていうんですか」

渡來さんは笑う。実に愉快そうだった。

「『しろ』だなんて言わねえよ。ただ、『したい』だろうから、その機会を与えようとしてるだけだ。その代わり、俺の姪《めい》のことを助けてやってくれというのが、こっちの願い。俺にも黒木くんにもメリットがあるだろう？　こういうのが大人の交渉というやつだ」

「俺が、したいこと……」

それは、きっと一つだった。藤堂と話をしたい。藤堂が何を考えているのか知りたい。俺が考えていたことが、ただの妄想なのか、それとも真実なのか、確かめたかった。

なあ、藤堂。理由はどうあれ、ゲームは本当に好きなんだよな？　って。

たった数週間とはいえ、俺の隣で楽しそうにゲームをしていた存在。なのに、俺は相手のことを何も知らなかった。自分だけを見ていた。

住んでる世界が違うとか。

顔がカワイイから手が届かないとか。

陽キャ相手に陰キャが勝てるわけがないとか。

言い訳ばっかりだった。俺は変わりたいと思った。

「渡來さん……」

「ん？」

「藤堂が、どこにいるか、知ってますか？」

その言葉を待っていたんだよ、とばかりに、車のアクセルが踏まれ、加速していく。

「もちろん。本車両は、藤堂真白直行便だからな」

＊

停車した場所は、渡來さんの喫茶店近くのコインパーキングだった。そのまま、二人で降車して、喫茶店まで歩いた。

すぐに店に着いた。ドアには『close』の看板がぶら下がっていた。

「はいってくれ」と渡來さんから言われたので、入店した。

大きなベルの音に、店内にいたらしい誰かが、ボックス席から顔を出した。

それは見慣れた灰金髪《アッシュブロンド》の少女――藤堂真白だった。

藤堂はボックス席に座っていた。

突然に現れた俺の姿を見て、目を見開いた。が、そのあとすぐに、渡來さんを睨《にら》みつけた。

「……どういうこと、おじさん」

「おじさんって呼ぶな、お兄さんと呼べ」

「茶化さないでよ。なんで黒木くんがいるわけ」

「それが一番いいって思ったからさ」

「あ、ちょっと――」

渡來さんは、それだけを言い残すと店の奥へと引っ込んでしまった。

ボックス席に座ったままの藤堂と、入り口に立ったままの俺が残された。なんだか気まずい。

俺は誤魔化すように、藤堂の対面に座ることにした。

座るまで、拒否の言葉がなかったので、そのまま話し始めた。

「俺は、状況が、いまいちわかってないんだ。渡來さんに連れてこられたって感じで……」

言い訳にも聞こえるだろうが、嘘はつきたくなかったので、感じたことをそのまま伝えた。

「だろうね。それにしても、変な空気になっちゃった。ごめんね、黒木くん」

「いや、俺が現れたのが悪いんだろうし」

「そんなことないよ。今日は会えないと思ってたから、びっくりしただけ」

会えないと思ってた――なんだろう。特に意味のない言い回しなんだろうけれど、俺は、その言葉に、心を持っていかれそうになった。いちいち、人間をたらし込んでくる美少女である。

俺は、だから、負けないようにと、達観《たっかん》したような言葉を吐いてしまった。

「まあ、むしろ、今まで遊びすぎてたのかもしれないけどな。ちょっと控えたほうがいいかもな。これが当たり前になると、感覚おかしくなりそうだし……」

牽制《けんせい》するような言葉に聞こえたのだろうか。藤堂はむっとしたみたいだ。

「え、なんで、いきなりそういうこと言うの？　遊びに来るなってこと？」

「いや、そういうことじゃないけど……」

藤堂は小さく息を吐いて、スマホをいじり始めた。

空気はさらに重くなる。数分間、互いに沈黙。

なにを話そうか。でも、話したら何かが終わってしまいそうだ。そんなことを考えていたら、藤堂が先に口を開いた。

「……黒木君、おじさんに何言われたの」

睨まれてはいないが、藤堂の語調は強い。

誤魔化すことは、できないだろう。それに俺は、藤堂のことをもっと知りたかった。

変な意味ではない。わからなくなったんだ。俺という存在は、藤堂真白にとって、なんなのか知りたくなった。

でも、聞き方がわからない。確かめ方を知らない。そういうことから、いっつも逃げてきたからだ。俺は、一歩、踏み出さないといけないのだろう。

「藤堂、さ。レッスン行ってないんだって？」

言葉はすぐに返ってきた。

「……夏休みのは行くって約束したじゃん。まだ夏休みじゃないもん」

もん、のところで藤堂は不満そうに口をとがらせた。

予想していた通りの回答だったせいか、言葉はするりと飛び出した。

「じゃあ、その前は？　レッスン、行ってないいんじゃないのか？　夏休みの話じゃなくて、これまでの話だ。俺とゲームをする前に、レッスンは行ってたのか……？」

「……それは」

藤堂は視線を下げる。なんだか随分《ずいぶん》と小さく見えた。叱《しか》られている子供みたいだ。

だから俺は錯覚したんだ。自分の意見が正しいなんて。

偉そうに。先駆者みたいに。上からモノを言った。仲間なら、絶対にしちゃいけないことだって、昔のチーム活動で知っていたはずなのに。仲介役だったのに。

俺は指摘してしまった。

「藤堂、一つだけ言っておくけど、ゲームばっかりしてても、どうにもならないぞ。ゲームは楽しいかもしれないけど、藤堂みたいなやつはもっと大事なことを――」

「――なにそれっ」

「え？」

藤堂は、突然、大声をあげた。他の人間が、そういう態度をとったなら驚きは少なかった。

だが、いつだって周囲を気遣っている藤堂の反応ならば、驚きは数倍だった。

藤堂はすぐに声のボリュームを正した。だが、宿った熱は残っていた。

「なんでみんな、そういうこと言うの？『アナタは特別だから、皆とは違うことをしないと』って。知らないよ、そんなの。わたしは特別なんかじゃない。わたしはただの人間だよ。みんなが『トクベツ』にしてるだけじゃん……！　わたしは全然特別なんかじゃない……っ」

「いや、その……そういうことじゃなくて……」

なら、どういうことだ？　残念ながら、次の言葉を紡《つむ》げず、俺は戸惑《とまど》い、黙る。

「……」

藤堂は話してくれない。なんだか、距離を感じる。時間逆行の魔法をかけられたみたいだ。

意識は一瞬で数か月前の教室へ戻った。一人でイヤホンをしてゲームをしていた、あの頃。

呼吸が、し辛《づら》い。指先が、冷たい。

それでも、俺は声をひねり出した。俺が変わらないと、世界は変わらない……。

「俺が言いたいのは……」

そう。俺には言いたいことがある。だが、それがうまくまとまらない。

自分の言葉として、何かがしっくりとこなかった。

俺の心のどこかに、高い壁があって、適当に選んだ言葉では、それを超えることができないようだった。

藤堂は俺の言葉を待っていてくれていた――しかし、数十秒、数分、と意味のない沈黙が続くと、小さく首を横に振った。

「黒木くん、いいよ、ごめん。わたしが悪いんだ。黒木くんは、遊んでくれただけなのに、それ以上のものを、背負う必要なんてないよ」

「……、……」

情けなかった。それでも何も言えなかった。きっと、俺自身の気持ちが固まっていないのだ。

それなのに、何かを悩んでいるのだろう藤堂真白の心を動かすような言葉を、安易に生み出せるわけがないのだ。

藤堂は店の奥にいると思われるマスターに聞こえるように言った。

「おじさん、最悪だよ、こんなタイミングで黒木くん呼ぶなんて。呆れた。黒木くんにも謝っておいてよね」

言葉は氷のナイフみたいだった。静かにすっと胸の奥を冷やす。

藤堂は立ち上がった。

「黒木くん、わたし、行くね。また、学校で。じゃあね……」

藤堂は歩きだし、一人でドアの向こう側へ消えた。

残された俺は、目を瞑《つむ》る。先ほどの言葉を考える。また学校で——だって？　こんな状況のあとに、俺と藤堂が二人きりでゲームをするのだろうか？

できるわけがないだろう。であるならば、俺と藤堂が学校で話すことなんてあり得ないじゃないか。だって、俺たちの間には——ゲームしかなかったんだから。

わざとらしく渡來さんが出てきた。

「あーあ。怒らしちまった」

「俺のせいです……」

「いや、オレの責任だろ。悪かったな、黒木くん。いきなり連れてきてこれじゃあ、たしかに出てくる言葉もないか」

含みのある言葉に聞こえたのは気のせいだろうか。きっと、渡來さんは、俺と藤堂の間に、もっと強い絆《きずな》があると思っていたのだろう。でも、それは間違いだった。それだけのこと。

俺も帰ろう。それ以外にできることはない。ただ、一つだけ確かめたいことがあった。

「渡來さん。藤堂が言っていた『最悪のタイミング』ってなんのことですか？」

「ん？　ああ……」

渡來さんは電子煙草のスイッチを入れると、大したことではないように教えてくれた。

「ねーちゃん――つまり真白の母親と、真白が、芸能活動に対する今後の方針ってやつで、昨夜、大喧嘩したんだよ。その翌日ってことで、アイツは家にもいたくなくて、この喫茶店に避難してたってわけ」

「思った以上に最悪なタイミングだ！」

年長者にツッコむのも辞《じ》さないほどに。

渡來さんは、不快になる様子もなく、むしろ面白そうに、喉の奥で笑った。

「少年はガキだねえ。最悪ってことは、それ以上、落ちないってことだ。つまり、次の成功は約束されたようなもんだろ？　で、下りるのか？　それとも継続？　その程度の気持ちだったってことを、自分で証明しちまうのか？」

お前はどうしたいんだ。お前はなにをしたいんだ――渡來さんの視線はそう物語っていた。

俺は、その夜、決意した。

藤堂に、素直な気持ちを伝えよう。それがきっと、お互いのためになるはずなのだ。

18　ラストダンジョン

人生ってのは、不思議だ。高校生にだって実感はできる。あっという間に状況が変わるものだし、信じられないほど簡単に結末が変化する。

小学校から中学校、そして高校へ。当たり前のように同級生は入れ替わり、友人も変化する。変わらないようでいて、俺自身も変わっている。そんなことは知っていたはずだったのに、いつの間にか忘れていたようだ。永遠は存在するとでも思っていたんだろうか。

昨日、俺は藤堂《とうどう》と、喫茶店で話をした。いや、話なんてもんじゃなかった。あれは、ただ、同じ席に座っていただけのことだ。やっているゲームの種類は別だった。

あのとき、俺から「まあ、ゲームでもしようぜ」と誘っていたら、喫茶店で、一緒にゲームをしていたのだろうか。わからない。でも、それはなんか違う気がしたんだ。

だから、俺は答えを出した。バカみたいと笑われるだろうけど、俺の素直な気持ちだった。

教室。昼休み。自分の席に座っているだけ。室内は騒がしいが、俺の周囲は静か……ということもなく、背後には、いつものように、インテリギャルグループがたむろしていた。

まあ、俺には関係ないけどな。

藤堂とも、なにかを話せるような状況ではないし。

「……、……」

なのに、背後からものすごく視線を感じる。じー、っという音が聞こえそうだ。発信源はわかっていた。

藤堂真白《ましろ》に決まっていた。実は、朝から話もLIMEもしていないものの、ずっと観察されていた。動物園の動物の気持ちが、多少わかった。

「真白？　どうかしたの？　なんかずっと黙ってるけど」

インテリギャルグループの誰かから、当たり前のようにツッコまれている。それぐらい俺を注視しているのだ。朝からずっと。

「え？　いや、別に……」

「それにしては、ずっと一方向を、見てるけど――えっと、そっちには黒井《くろい》くん？　しかいないよね」

「ちがう」

「え？　いや、ちがくないでしょ、見てるでしょ」

「名前がちがうの。彼は黒木《くろき》くんだよ。黒い木に、太陽の陽で、黒木陽《よう》くん。A型で、神経質。十一月生まれのロマンチスト。別のクラスの男子とはいえ、名前を間違えるのは失礼だから気をつけないとダメだからね」

「あ、うん……血液型とか誕生日とか、まじでどうでもいいけど……いや、なんで笑顔でキレてるの、真白……？」

「キ、キレてないって」

「やけに焦《あせ》るじゃん……？」

「焦ってない！」

「お、おお？　なんか落ち着いてほしいから、心拍数はかろうか。ほら、えっと、心臓は右だっけ左だっけ？」

「ちょ、ちょっと！　どこ触ってるのっ」

本人に聞こえる距離で話をしないでほしい。あと、どこ触ってるの？　とか、藤堂はなんで俺の血液型と誕生日を知ってるの？　という質問は忘れておく。

昨日の話の続きができるだろうか。できないだろうか。そんなことを考えて登校したら、この状態だったので、当然、話はできていない。ただ、これまでだって放課後こそゲームをしていたが、日中はあくまで他人みたいだった。話だって基本はＬＩＭＥだったし。

だから、ジーっとこちらを観察してくる藤堂真白でさえも、実は、今まで通りの変わらぬ関係性と距離感ってわけだ……詭弁《きべん》だけど。

放課後になる。いつもならＬＩＭＥがくる。ゲームの誘いであったり、最近なら家へ行く算段であったり。

今日は当然のように通知音は鳴らなかった。

俺だって気まずい。当然、藤堂だって気まずい……はずだ。

だからこそ、今日は話をして、この気まずさを解消をしておきたかった。勇気あるね、って？　真逆だよ。ビビりだから、気がかりな点は早く消しておきたかったんだ。

「……帰るか」

教室で独り言。いまさら気がつく。なんて贅沢《ぜいたく》な日々だったのだろうか。俺の高校生活、めちゃくちゃ充実してたんだ……。藤堂真白というたった一人の女子生徒と絡《から》んだだけなのに。

やつの影響力は勇者並みだった。だからこそ、みんな、藤堂真白とくっつきたくなるのだ。

強いやつとパーティを組みたくなるのは、ゲームだって同じだ。

「俺にとっては過ぎたパーティメンバーだったんだ……」

泡が消えていくように、関係が疎遠《そえん》になっていくんだろうか。感傷に浸《ひた》りながら、下駄箱で靴を履《は》いていたら——突然、声をかけられた。

「……黒木くん」

心臓、止まったと思う。

「え、ああ……藤堂か」

藤堂は視線を下に向けて、もじもじしている。まるで俺に責められているみたいに見えるが、そんなわけはないだろう。立場が逆だ。

「黒木くん、あのさ……」と藤堂は繰り返すが、その先はすぐに出てこない。

快活な藤堂には珍しい沈黙だった。

話したいことは、たくさんあった。昨日、決意したことも伝えたかった。

けれど、まずは謝りたかった。一方的に話をしてしまったと思うし、もっと話を聞けたはずだから。

謝れ、俺。いまだ、いましかない。藤堂の言葉が続く前に、ええいままよ、と頭を下げた。

「昨日はごめん！」

「ごめんね、昨日……え？」

視線を上げると、藤堂も頭を下げていた。村人Aに勇者が謝罪をしているようなものだ。

顔を少し上げると、視線が合った。

二人してポカンと見つめ合う。

どこからか声が聞こえた。インテリギャル達の会話だった。

「あれ？　真白、いるじゃん……なんか、頭下げてる？」

「まさかぁ。真白が謝ることなんてしないでしょ。逆じゃない？」

「でもあれ、白……黒木って人だよ。なんか、最近絡んでない？」

「え……まさか、弱み握られてるとかないよね？」

大変だ。裁判で勝てる可能性が見えない。

俺を見る藤堂が、視線を動かして上を示した。階段の上ということだろう。

もちろん、了承する。秘密基地はこういう時に使うもんだよな。

＊

バラバラにたどり着いた、階段踊り場。

向き合って座り、数十秒を無言で過ごしたが、耐えかねたように藤堂が口を開いた。

「黒木くん、怒ってるよね……？　謝ったから、許してくれる……？」

「許すもなにも、俺が悪かったんだ。いきなり、一方的に決めつけて、そっちの話も聞かなかったし、とにかく俺が悪い。こちらこそ、ごめん」

「でも、わたしも八つ当たりしちゃったから……」

気まずそうな藤堂は新鮮だった。

「八つ当たり、だったのか？」

俺に怒っていたとかではなく。

「……うん。お母さんに色々言われて。でも言い返せなくて。それで落ち込んでたんだけど、黒木くんの顔みたら、なんだかイライラしてきて……」

「俺の顔は、人をイライラさせるのか……？」

かっこ悪いって言われるより、ショックだぞ。

藤堂はぶんぶんと手を振った。

「ち、違うよ。なんか、黒木くんには遠慮しなくていい気がしてるから……抑えてたものが全部あふれちゃったの。甘えてたってこと……あと、甘えてごめんね、ってこと……！」

「甘え……？」

　頭の中で、映像が流れ始めた。猫耳をつけた藤堂が甘えた声で「にゃーん」と鳴きながら、ピンク色の舌で、俺の指をペロペロと舐《な》める。小さく首を振って、妄想をかき消す。致死量だった。なんてもんを生み出してしまったんだ。

　猫耳がついていないほうの藤堂は、話を続けた。

「だから……謝らなきゃって思って……今日、ずっとタイミング見てたんだけど、結局、放課後になっちゃって……」

　藤堂は言いながら、髪に手櫛《てぐし》を通す。必要だから、というよりも、癖《くせ》のように見えた。顔がほんのり赤いのは、なぜだろうか。俺に対しての罪悪感がそうさせているのか。

　なんにせよ、対等に見てくれているようで嬉しかった。俺と藤堂が、ゲームを介さずとも対等に話をしている。それが異様に嬉しい。まるで自分が勇者パーティに誘われたかのように感じる。もちろん旅に出たら足手まといになるだろうけど。

　藤堂は何度目かの上目遣《うわめづか》いをした。

「それで……許してくれる？」

「許すも何も、俺のほうが、許してもらいたかったんだ。だから、俺も許してほしい」

「もちろん。許すに決まってるよ」

「そうか。なら俺も同じだ」

すごい。俺、すごい。

九〇度に曲げられた鉄板みたいに捻《ひね》くれている男子高校生のはずなのに、今は澄みきった清流のように素直な言葉が出てくる。

藤堂はほっと息をついた。

「……よかった。これからは気をつけるね」

「こっちこそ気をつけるよ」

さて、突然だが、やっぱり俺は俺でしかなかった。黒木陽以外にはなれなかった。

どんなに面白かろうが、クソゲーはクソゲーだ。面白いと言われたからといって、調子に乗って、良ゲーを作ったと勘違いしちゃいけない。じゃないと、間違った道へ進む。いまからバカなことを言う、俺みたいに。

でも、それは俺にとっての真実だった。

昨日、何度も何度も頭の中で反芻《はんすう》した思いを、初めて形にした。

「なあ……それで、一つだけ、俺から伝えたいことがあるんだ。しっかりと考えたことだから、聞いてもらってもいいか？」

「いいけど、え？　いきなり、なに？　怖いんだけど」

藤堂は『らしさ』をなくしたように、しきりに視線を動かした。

俺は息を吐く。そして吸う。体のなかの色が変わっていくようだ。存在する格差なんて、たまたま出たベストスコアのせいで、すっかり忘れてしまった。

俺はこれまで、無理をしていた。藤堂と一緒に歩くために、背伸びをしていた。

もちろん、藤堂とゲームをする時間は、とても楽しいものだった。呼吸ができなくなるくらいに分不相応な感情も持った――でも、その陰でいっつも不安だった。そして自分を見下していた。そうやって心の天秤《てんびん》のバランスをとっておかないと、耐えられなかったのだろう。

その均衡《きんこう》が、いま崩れた。

いや、自分で崩すのだ。

「なあ、藤堂」

「だから、なに？　黒木くん」

控えめな笑顔の藤堂真白。教室では誰にも見せたことがないだろう、感情むき出しの素《す》の表情。黒いカラコンの奥に青い瞳があることを俺は知っている。

手を伸ばせば届く距離に宝石がある。でもそれは偶然手に入れたものだ。蜃気楼《しんきろう》のように消えても文句は言えない。それよりも、その輝きが曇る方が、怖かった。

だから、言うしかなかったんだ。

「そろそろ、一緒にゲームをするのは、やめたほうがいいんじゃないか？」

「……え？」

俺の言葉を受けて、藤堂の表情は変な風に固まった。笑っているような、泣いているような。

しかし、俺は止まらなかった。

「ゲーム、楽しいのはわかるよ。好きなのも伝わる。でも、それを俺と一緒にする必要って、あるのか？　別の、仲がいいやつとか……もっと、なんていうか、住んでる世界が同じやつと一緒にゲームをしてたほうがいいんじゃないのか？」

「ちょ、ちょっと待ってよ、黒木くん、いきなりなにを言って――」

藤堂は俺の言葉を止めようとする。

いつもの俺ならば、ぴたりと停止していた。でも今日は違う。伝えなければならない。

「俺の家に来るのも、当たり前のことにしちゃいけないと思うんだ。周囲にバレて困るような関係だったら、そろそろやめたほうがいい気もしてた。今回のことって、考えようによっては、いいきっかけだと思ったんだ」

「そんなこと、ないよ……？」

藤堂は、俺の顔を見て、悲しそうな表情を浮かべた。

俺は、すべての言葉を撤回したくなる。なんだか、涙が出そうだった。必死にレベル上げをしたセーブデータを、自分の手で消すみたいな、喪失感と無力感があった。でも、選んだのは、自分の意志だった。

俺は頭を下げた。今度は、一人だけだった。

「ごめん、いきなり、こんな話をして……でも、前から気になってたんだ。俺のせいで、なにかが変わってしまったんじゃないかって」

なんだかんだ言っているけど、藤堂との距離感がわからなくなってしまったことは本当なのだ。俺が藤堂にできることは、一緒にゲームをすることだと思っていた。でも、今では、それすらも、悪手《あくしゅ》なんじゃないかと思い始めていた。

藤堂はもう、何も言わなかった。

俺は、いたたまれなくなって、席を立つ。

「だから、もう、俺はここには来ないことにする……」

もう、藤堂の顔を見ることはできなかった。本当に正解なのか？　わからない。でも、藤堂には、これ以上、現実逃避をしてほしくなかった。そんなの、藤堂真白には似合わない。

俺は一人、階段踊り場を後にした。

「……うん、わかった。いままで、ありがと」

背後から聞こえた、やけに寂しそうな声が幻聴でありますように——そう願いながら。

＊

夜の自室、ベッドの上。目を瞑《つむ》るたびに今日の放課後イベントが再現される。

藤堂の悲しい顔は見たくなかった。でも、今まで、ああいう表情を、藤堂は別の場所でしてきたってことだろう？　それを俺とゲームをすることによって、誤魔化していたのだとしたら、それはダメなことだと思った。俺は藤堂に前向きになってほしかったんだ。

ずっと考えていた。

『なんで藤堂真白が俺と一緒にゲームなんてするんだ？』

偶然？　必然？　好意？　同情？　――藤堂が教室で愛想笑いを浮かべていることに気がついて、俺は結論に至った。藤堂は『自分のことも騙《だま》してないか？』って。

『ゲームをしちゃいけない家庭の逃げ道を探ってるんじゃないか』とか。

『黒木陽と仲良くなることで、ゲームをしていい自分を作り出してないか？』とか。

『本当は向き合わないといけない問題があるのに、現実逃避をしてないか？』とか。

考えれば考えるほど正解だと思った。

まるで、テスト前に友達と勉強をサボってファストフード店でポテトを食べるみたいだ。相手がいるから自分の行動も目立たない。ポテトもおいしい、もぐもぐ、って。

けれど、それを口にしたら夢が終わってしまうから、俺はずっと――俺もずっと自分を騙しながら藤堂と一緒に遊んでたんだ。

でも、もう終わりだ。そう、決意した。だから、伝えた。それだけのこと。

もし、一つだけ、懸念《けねん》することがあるならば……。

「藤堂の話を聞かないで、断言しちゃったな……」

相手のことを考えないプレイは、パーティメンバーから信頼を失う。そんなことわかってる。

でも、藤堂真白には前に進んでほしかったんだ。

本当に楽しそうに、前向きに、ゲーム攻略に、真正面から挑んでいる藤堂真白のように――。

「逃げてほしくなかったんだ……」

ポツリとこぼれた言葉は、夜の静けさに溶けていった。

＊

なんて格好つけてみたものの、俺の精神は疲弊《ひへい》していた。

自分の意見を真正面から伝えるなんてこと、実は人生で初めてのことだった。

いつだって俺はなんとなく周りに合わせて生きてきた。ゲームでチームを組んでランクを上げていたときだって仲介役に徹していた。

そんな俺が藤堂に物申したわけだ。これで心臓がドキドキとしないわけがない。

とはいえ、夏休みになれば、自然と会わなくなるだろう。終業式までは、あと数日だ。

教室はすでに夏休みに突入したも同然の熱気に包まれていた。

サルくんが俺の席の後ろに溜《た》まっているインテリギャルグループにセクハラをかましていた。

「なあなあ！　水着買った⁉　どんなの⁉　おれ、黒のビキニがいいなぁ！」

グループで一番攻撃力の高そうなギャルが言う。

「だまれ、エロ猿。あんたちゃんとみんな誘ってるんでしょーね？　男子、あんただけとかだったら砂に埋めて帰るから」

ギャルグループからの冷たい言葉もなんのその。サルくんは手をパチパチと叩いた。

「そりゃもちろん、誘ったっての。俺に任せてくれって言ったろ？　全部、完璧」

「だから心配なんだけど。真白も行くんだし、ナンパとかすごくなりそうだから、その辺もちゃんとしてよね？　わかってんの？　ゲイノージンなんだよ、真白は」

藤堂がいたら全力で否定していただろうが、今はその声は聞こえない。どうやら、この場にはいないようだった。まあ、俺にはもう関係ないことだけどさ。

サルくんが続けた。

「俺の親戚がさ、海の家やってんだよ。いろんなもの無料で使えるから。砂浜もきれいなとこだぜ？　人はそれなりにいるけど、芋洗《いもあら》いじゃないぞ」

「へー、すご。いっそプライベートビーチとかないの？　地元の人間しか知らないとことかさ」

「あるけど、宿に泊まらないと案内してもらえねーとこだぜ？　え？　まさか一緒に泊まる？」

「シね。サル、シね」

日常だった。でも、藤堂がいないのだ。今日は授業中以外、その姿を見ていない。

いつもと違う風景。それがなんだか怖い。俺は教室内の空気に耐えかねて、教室を出た。

その時だった。まるで見張られていたかのようなタイミングで、スマホが振動。画面を開いたら、藤堂真白からメッセージが一通。

《ましろ：放課後　風花《かざはな》公園これる？　ゲームをするわけじゃないから、平気だよね？》

ゲームをするわけではない――たしかに、その通りだった。俺はすぐに指定場所を調べた。

少し遠いが、いけないことはない。ちょっとした丘の上にあるようで、立地的に市街地を見下ろすことができるらしい。小さな自然公園といったところか。

この前の会話で全てが終わるとは思っていなかった。むしろ何かが始まることもある。逃げている場合ではない。口火を切ったのは、他でもない俺自身だ。

『わかった。行くよ』

それだけを返し、放課後を待った。


公園までの道すがら、時間があるがゆえに色々と考えてしまう。

そもそも藤堂真白のような芸能人が、クラスの中でも冴《さ》えない俺に話しかけ、ゲームを一緒にしようなんて言い始めたことに、警戒するべきだった。

どうしてこうなった？　考えても、たどり着く答えは一つ。全部、自分のせいだ。

今日、きちんと説明するしかない。

俺は藤堂真白と一緒にいると、緊張で頭がおかしくなりそうなんだ、って。俺はお前の顔を見ると、心臓が止まりそうになるんだって。

「言えるわけないよなあ……」

そんなことが言えるなら、もっとうまくやっているよ……。

「……まあ。この俺にして、この結果ありってことか」

とにかく、認めよう。俺は藤堂真白に、憧《あこが》れている。

好きとか、告白したいとか――そういうことじゃない。そんな大それたことは考えていない。

単純に、ゲームがうまいスタープレイヤーに憧れるイメージだ。フォロワーが数十万人いるストリーマーに憧憬《しょうけい》を抱《いだ》くようなことだ。

藤堂真白はいつだって真っすぐで、皆の前で堂々と笑顔をふりまいていて、頭もよくて、信頼感もある。友達も多いし、愛想もいいし、なにより……かわいくて、綺麗だ。

同級生にそんな人間がいるだけですごいのに、一緒遊ぼうなんて言われて、俺はただただ誇らしく、嬉しかったんだよ。

でも、一周回って気がついた。

やっぱり俺とは別世界の人間だし、藤堂には嘘をついてほしくないなって。

だから俺は、藤堂と、きちんと話す。そのためなら、何度だって呼び出しに応じようと思った。

19　ばか

「意外と遠かった……」

自転車に乗ったり、路線バスを使ったりすれば近いのだろうが、節約のために徒歩を選択したら、想像以上に時間がかかってしまった。遅刻はしていないので、まあいいけど……。

公園に入り、最奥《さいおう》を目指す。自然の多い公園は、ひきこもりゲーマーにとっては新鮮な場所だった。

指定場所のベンチが見えた。藤堂《とうどう》はすでにそこに座っていた。灰金《アッシュブロンド》の髪も見えた。どきり、とする。

見晴らしのいい場所に設置されたベンチだ。落下防止の木の柵の向こうには、市街地が一望できる。駅に隣接している高層マンションはジオラマみたいに見えた。

「……藤堂」

「あ、黒木《くろき》くん」

俺の言葉に、藤堂はびくりと肩を震わせる。こんな風にさせてしまって申し訳ない。俺が自分勝手だからだ。罪悪感に押しつぶされそう。

「横、座っていいか？」

「もちろんだよ」

ベンチに腰掛ける。座ってみると意外と狭く、藤堂の熱を感じるようだった。

遠くから子供の声。注意する親の声。車の音。救急車が通る。風が吹き抜けて——藤堂は言う。

「黒木くん、あのさ、本当に何度もごめんね……？」

「そんなこと、言わないでくれよ」

逃げたのも、傷つけたのも、全部、俺のせいだ。こんなことになるなら、最初から、誘いを断っておけばよかったんだ。そのうえ、自分だけ重荷を下ろしたくて、藤堂を突き放した。自分勝手だと罵倒《ばとう》されても、黙っていよう。

しかし、藤堂から出てきた言葉は予想外のものだった。

「ちがうの。わたし、黒木くんに言われて……黒木くんが本心をぶつけてくれて、嬉しくて、でも悔しかったの。だって、全部本当のことだったし」

「……そうなのか？」

「そう。黒木くんの言葉、間違ってなかった。わたし、逃げてたんだ。色々と現実の壁にぶつかって……それでゲームに逃げてた。黒木くんが、傍《そば》にいてくれたから、ゲームのことだけ考えて毎日過ごしてた。それで正当化してた」

「……そっか」

嘘ではないだろう。俺を気遣《きづか》っているわけでもないだろう。きっと藤堂も、本心をぶつけてくれているのだ。

「黒木くんとゲームに熱中するまでは、ずっとずーっと、ひとりぼっちで足掻《あが》いてるみたいだった。息苦しかった。大人の事情ってやつに巻き込まれたこともあるし、イヤな話だってたくさん聞いた。やりたくないことさせられて、したいことができなくて。ストレスがすごかった」

藤堂は小さく息を吐いてから、立ち上がった。スカートの裾《すそ》を直しながら柵の前まで進み出る。膝《ひざ》の裏からなにまで白く、美しい。まるでゲームの清楚《せいそ》なヒロインキャラみたいだ——と思っていたら、藤堂は突然、大きな声を出した。

「あー！　もう！　ばかぁっ！　あたしも、黒木くんも！　みんな、ばかーっ！　みんな、みんな、ほんとーに、いいかげんにしろぉっ！　わたしはゲームがしたいんだよぉっ！　黒木くんと、一緒にゲームが、したいんだあぁっ！」

空が驚いて、雲が消えてしまったようだった。そんな夏空のもと、藤堂は好き勝手に叫んだ。

藤堂は振り返えた。スカートがふわりと浮く。

「はぁ、スッキリした」

固まる俺に、藤堂はにっこりと笑う。本当にスッキリした顔。

「……心臓に悪い」

「ごめん、ごめん。頭の中、すっきりさせてから、謝りたかったんだ。黒木くんを、誤解させちゃったのは事実でしょ？　そういう風に見えたってことは、黒木くんに、わたしの本心を見せられてなかったってことだよね。だから、さっきのがわたしの本心。嘘偽《いつわ》りのない、藤堂真白《ましろ》の想いだよ——だから、わたしも、黒木君の本当の気持ちが聞きたいな」

「俺の本当の気持ち……」

「うん。聞きたい」

　まっすぐな瞳が、俺を射る。

　藤堂の背後に広がる、青い空を見ていたら、なんだか今までの自分が、随分《ずいぶん》とちっぽけな檻《おり》に囚《とら》われていたような気持ちになった。

　両手の拳を握りしめ、勇気を出して、俺は言った。

「藤堂と一緒にゲームしてて、いつも不安だった。住む世界が違うやつと、仲間になんてなれるのかなって。一緒に遊んでいて、いいのかなって。なんとか騙し騙しやってきたけど、この前、藤堂の話を聞いたら、もう、俺は自分を誤魔化せなくなったんだ……と思う」

　藤堂は小首をかしげた。

「でも、同じ人間だよ？　わたしたち、違うところなんてない。わたしは、確かに逃げていたかもしれないけれど、黒木くんとゲームをしていて楽しかったのは本当の本当だし」

「そう言ってくれるのはありがたいよ。でも、俺からすれば、藤堂はスゴイ人間なんだ。別の世界の住人に見える。プロゲーマーとか目指したら、案外、俺より適性あるんじゃないかなとさえ思ってる」

「そんなわけないじゃん。黒木くんよりゲームがうまくなれるわけないし」

藤堂は否定したが、俺は気がついていた。

本来、ゲームとは、友達と仲良くなるためのツールだった。一緒のゲームをして喧嘩したり仲直りしたり、攻略法を教え合ったり、バグ技を見せてやったり。そうしてゲームがうまくなるにつれて、友達と仲良くなるものだった。

いつからか、俺にとってのゲームは、自己顕示欲を満たす手段になっていた。ヒトより強く、うまく、金を稼げるような人気者になりたい――でも、それは違うって、藤堂と一緒に遊んでいる間に思い出すことができた。ゲームは楽しくあるべきだって、思い出せたんだ。

でも、その気づきが、関係のバランスを崩すなんて、思わなかった。

藤堂と遊ぶときに『俺は藤堂よりゲームがうまいから関係は成立する』と思い込んでいた。

でも、それは違うと気がつくと、次第に思考は変化していった。

藤堂は俺と一緒にゲームをして、楽しいのか？　俺は藤堂の仲間として成立しているのか？

仲良くなればなるほど、俺のうすっぺらさがバレちゃうんじゃないか？　って。

つまり――。

「俺は怖かったんだと思う。藤堂から嫌われたり、見限られたりするのが……だから、確かめたくなったんだ。藤堂との関係が正しいのかって……」

「……ばか」

藤堂は近づいて、俺の頭を小突いた。

「わたしだって、悩んでばかりなのに。自分だけ嫌われる心配しないで？　わたしだって……」

「……？」

藤堂は恥ずかしそうに付け加えた。

「わたしだって、黒木くんに嫌われちゃうかもって、心配することあるんだから」

「……マジか」

「マジだよ。だからこれからも二人で遊んで、お互いの距離感とか価値観とか、もう一度、確かめ合わない？」

こちらから断ったというのに、藤堂は諦《あきら》めずに俺へと手を差し伸べてくれている。

何と答えればいいのか、悩んでいると、藤堂はさらに言葉を重ねた。

「『別の世界』って、そんなもの、黒木くんが勝手に作ってる世界でしょ。わたしたちは仲間なんだから、いつだって同じ場所にいるじゃない」

「仲間……」

俺と藤堂は友達じゃない。教室の中で、冗談を言いながら談笑する相手じゃない。

でも、ゲームをするという目的を持った仲間だった。

「ゲーム仲間だ、って言ってくれたのは黒木くんでしょ？　だから、また一からでもいいから、一緒にゲームをできたら嬉しいな。そしたら、さ」

「……？」

「わたしも逃げるのをやめるから。黒木くんが逃げてるのを見たら、逆に元気出ちゃったし」

「なんだそれ」

乾いた笑い。でも笑えた。

「それでさ……色々なコト、もう一度、頑張ってみようと思うから――だから、黒木くんもさ」

「俺も？」

なにをしろと……？

「うん。黒木くん、わたしのこと助けてほしいな」

「助けるって……そりゃ、もちろん、助けるけど。具体的に何ができるか……」

芸能界とか、モデルとか、レッスンとか、俺になにができるんだ？　現代に生きる高校生なのにSNSすら使いこなせていないんだぞ。

藤堂は面白そうに笑う。

「別に、いつも通りでいいんだよ。いつもの黒木くんと、一緒にゲームをしたいの。それで、可能な限りでいいから現実世界でも助けてくれたら、わたしは嬉しいな。黒木くんと遊んでると、わたし、毎日楽しくて前向きになれるんだ。どうかな……？」

「そんなことか」

ほっとして、言うと、藤堂は眉根を寄せた。

「そんなことで悩んでたの、だれかなぁ？」

「うっ……」

ごもっとも。なんて情けない指摘だろうか。でも、今は嬉しさのほうが勝っていた。

俺の中にあった、黒いモヤモヤが消えていくのを感じていた。藤堂は俺とゲームをしたいのだ、という事実が、ネガティブな俺をぶん殴って、ふっとばしてくれた。

俺と藤堂に違いは山ほどあるけど、ゲームをしているときだけは対等に笑っていていいんだ——その自信を持てたことが、今の俺にとって、精一杯の成長だった。

「いいの？　だめなの？　黙ってないで教えてよ……」

藤堂が手を差し出してきた。その顔は赤い。久しぶりに見た。藤堂の真っすぐな感情。

助けたいと思った。

得意なゲームではなく、苦手なリアルイベントなのに。それでも俺ごときが、藤堂の力になれるなら——いや、なりたい。強く、そう思った。

俺は、差し出された白い手を握り返した。

「わかった。ゲームだけじゃなくて、現実でも、助けられることがあれば助ける。ゲームに比べたらめちゃくちゃ弱いけど……」

「わたしたちなら、絶対に大丈夫。だってゲーム仲間なんだし、現実だって、うまく助け合えると思わない？　仮に宝箱を開けて、それが罠だったとしても、二人なら乗り越えられるはずだよ」

藤堂には自信があるようだ。まるで世界を救えると疑わない勇者みたいだった。輝いている。

だからこそ、俺は一緒に旅をしたいと思ってしまったんだろう。

もちろん俺たちは、子供だ。大人ではないし、いいイベントばかりではないはずだけど、どうしたって宝箱の中身は見えないのだ。ならば、まずは開けてみるしかない。

「……そうだな。俺たちなら、クリアできそうだ」

「でしょっ」

藤堂の笑顔は、俺にとっての経験値だった。俺は今回、レベルアップができただろうか？

効果音が聞こえたらわかりやすいんだけど。もちろん現実にはそんな音は聞こえなかった。

でも、悪くない。きっと、俺は先に進んでいる。そう信じようと思った。

20　コンティニュー

たった二か月。されど二か月。俺の人生は激変した。

終業式、当日。授業はなく、成績表が返されるだけの登校日。

俺の席の後ろでは、あいかわらずインテリギャルたちが、大層すばらしい成績が羅列《られつ》されている通知表を見せ合っていた。

制服を気崩すのは当たり前で、改造してるやつもいる。パンツが見えそうなぐらいスカートが短かったり、胸が必要以上に見えるぐらいボタンを外したりするのに、なんでそんなに頭がいいのか。つまり、偏見を持ってはいけないということだ。人は見た目が九割ではないのである。反省しろ、俺。

インテリギャルたちにとっては、素晴らしくあっても成績などの話は退屈な話題なのだろう。じきに雑談タイムへと移った。夏休みの予定確認になると嬌声《きょうせい》があがり始めた。

「じゃあ、真白《ましろ》。七月の渋谷《しぶや》と原宿《はらじゅく》、あと八月の海は絶対だからね！　ドタキャンなしだよっ」

周囲からも「絶対だからね！」なんて念を押されている。忙しいやつだから、突然の不参加が多いんだろうな。でも、俺との約束のときは大丈夫だよな……？　まあいいか。タイミングの問題なのだろう。

藤堂《とうどう》も、心当たりがあるのか、若干《じゃっかん》、困ったような声で答えている。

「わかってる、いつもごめんね？　レッスンも重なってないし、絶対に平気だよ。もちろん海も行くし」

ギャルの一人が興奮した。

「やったー！　真白のはだかが見れる～！」

「は、はぁ!?　ちょっと！　へんなこと、言わないでよっ」

「え、でも本当だし……見たいし……」

「いい加減にしなさい」

「うわあ！　ちょっと！　本気で怒らないでよ～！」

なんでギャルってのは、一様に騒がしいんだろうか。騒がしくしないと呼吸が止まるのか？

藤堂の様子も、何も変わっていないようだった。でも少しだけ、態度に変化が出たような気もする。もちろん悪いことじゃない。

「あ、ちょっと待って？　スマホさわるから」

藤堂の声。なにをしてるかは、わからない。当然だろう？　驚くなかれ、今までの背後でのやりとりを、俺は聴覚だけで観察していたからだ。気持ち悪いとも言うなかれ……。

俺と藤堂の間には、ここ数日、色々とあった。だが、関係性は相変わらずだ。教室での俺は、一人でスマホを見るだけ。

藤堂は、やはり、ただの友達じゃない。あくまで同じ目的を持った仲間だ。考えてみると、そういう関係は、初めてではない。リアルの友達と、ネットで知り合ってからオフ会で友達になったやつとは、なんだか区分が違うし。

スマホが振動した。

「……？」

藤堂からのＬＩＭＥだった。

真後ろにいるのにメッセージ？　バレたら、どうするんだ。藤堂の行動がわずかに変化している。いままでそんなことはしなかったのに。

《ましろ：ねえ》

《ましろ：今日、放課後、ゲームしにいっていい？》

《ましろ：明日からレッスン頑張るから！》

連投。少し考えてから、一気に打ち込んだ。

《ヨウ：まあ、そういう話なら問題はないと思うけど。茜《あかね》も一緒に遊びたがってたし》

《ましろ：最高じゃん！　三人でチーム組めるね！　すっごい楽しみ》

藤堂はスマホをしまったようだ。

「ねえねえ、マシロ。今日、カフェ寄っていこうよ」

「あ、ごめん。先約があって、無理なんだ」

「ええっ？　なんか最近付き合い悪くない？」

「えー、あー、まあ……」

藤堂の回答はぎこちない。

そのとき、爆弾発言が投下された。

「まさか彼氏とかできてないよね？」

「えっ」と藤堂は言葉に詰まる。

しかし、周囲は気になどしなかった。

「マシロに彼氏？　できるわけないじゃんっ！」「変なこと言わないでよねっ。ね、マシロ？　彼氏なんていないるわけないよね？」「だいたい、真白と釣り合う男なんていないもんねぇ」

三者三様の反応だが、方向性は一致していた。

「……あ、うん。いない、いない。できるわけないよ」

おい、藤堂、その反応はダメだろ。CMで見せた、あの演技力はどこへ消えた？

案《あん》の定《じょう》、ざわついた。一人の女子が過剰《かじょう》に反応した。

「ちょっと!?　今の間《ま》はなに!?　なにか隠してるの!?」

「か、隠してないって！　彼氏は、いないって！」

「……彼氏は？　『は』ってなに？　ましろぉ！」

なんか、足にしがみつかんばかりに食い下がっている。

すごい、にぎやか。でも、明日から夏休みなので誰も気にしていない。否《いな》。俺はすっごい気になっている。そっか、彼氏はいないのか。なんて。いや、彼氏から刺されたくないからいない方がいいんだけど。いやいや。他に意味はない。

藤堂は宣言通り、俺の部屋に来た。なんだか久しぶりの感覚だった。

制服ではない。変装のつもりなのか、どっかで私服に着替えてやってくる。正直、きらきら輝くオーラが隠せていないから意味はないと思う。

いつか藤堂がもっと有名になってしまったら、下世話な週刊誌系のカメラマンに、我が家を出入りする姿を盗撮されてしまうなんて危険性も考慮しないといけないんだろうか。

考えすぎか？　でも、仮にそうなったら俺はどうすればいいんだろう。そのときには胸を張って「藤堂とはゲーム仲間だ」と言えるんだろうか。無駄な悩みか。

藤堂がやってくると兄と妹の住処《すみか》は、パッと明るくなる。視覚的にも、精神的にもだ。お嬢様学校では猫を被《かぶ》っている茜も、嬉しそうに笑う。俺を誇らしそうに称《たた》えることさえある。

「病気か？」と言ったら猫パンチされたけど。

今日は、三人で数時間、ゲームをした。

喉《のど》も渇いたので、飲み物を取りに、一人で部屋を出た。茜は自室に戻って、勉強を始めた。

夜に配信をする関係で、早い時間にすべてを終わらせているのだ。こういう生真面目《きまじめ》さだけは、血の繋がった妹とは思えない。

俺は二人分の飲み物を持って自室のドアを開ける。すると、藤堂はドアに向けていた背中をびくりと震わせた。

「わっ」

「……藤堂、なにしてる」

「えへへ……」

藤堂はゆっくり振り返る。時折見せてくる、悪戯《いたずら》をする子供の表情を浮かべていた。

「これ、見てた」

「あ、またアルバム見てるな……!?」

見るなって言ったのに！

「もう見ちゃったもーん」

「『もーん』じゃねえっ、返せ！」

手を伸ばすが、飲み物を持っていることもあって、動きは鈍《にぶ》い。

藤堂は逃げると、アルバムをかかげた。返すためではなく、突きつけるように。

「これ返す前に、いろいろ聞きたいんだけど」

「え？　返してくれるのか」

「他のも返す」

「他って、おい」

そこで気がついたが、卒業アルバムだけでなく、幼少時からのフォトアルバムまでひっぱり出していたようだ。なぜかすべてのページが開いたまま、床に広がっている。短時間でよくもまあここまで見たものだ。

「だから教えて？　──まず、こっちのアルバムなんだけど」

藤堂はしゃがむと、足元に広がっていた、アルバム群から一冊を手に取った。それから白く細い指で、俺が幼少の頃の写真を指差した。

「この目つきの悪い子供が、黒木《くろき》くんだよね。すぐわかるよ。目つき悪いから」

「二回も言うな。生まれつきなんだから」

「で、この、黒木くんにちゅーしてる女の子だれ。なんで、ちゅーされてるの」

「はぁ？　そんなわけ──されてるな」

まったく記憶にないが、それも仕方がないだろう。

「三歳ぐらいだろ、これ。状況なんて覚えてるわけないけど……この子は、あれだ。幼馴染《おさななじみ》だ。ちがうところに住んでたときの。この家、じーちゃん家《ち》だったんだ」

藤堂はなぜか写真をじっと見た。まるで未来を幻視する占い師みたいだった。

「幼馴染いるんだ……」

「それぐらいいるだろ」

「あたしにはいないもん……」

もんってなんだ、もんって。

藤堂の声は暗い。意味がわからない。わからないついでに、藤堂は別のアルバムを拾い上げると、これまた一枚の写真を指さす。

「あのさ？　この小学校時代らしき写真あるでしょ」

「あるな。らしき、じゃなくて小学校時代だ」

「この！　写真なんですけど！」

「お、おう」

藤堂のテンションが、なんか怖い。もちろん黙っているけど。

「なんか、どの写真を見てもさ、黒木くんの服の裾《すそ》をいっつも握ってる女の子いるんだよね！　だれ!?　髪の毛も銀色でキラキラしてて、めっちゃかわいいんだけど！　モデルだってこんな子いないよ……！　お人形さんみたいなんですけど!?」

ぐっと迫ってくる色白で九頭身で灰金髪《アッシュブロンド》で目が大きくて実は瞳が青い美少女が何かを言っていた。

俺は呆れ気味に返す。

「他人事《ひとごと》みたいに言うなよ……お前こそ人形みたいな造形だろうが……」

やべっ！　お前、って言ってしまった。

怒られる覚悟でいたが、藤堂は丁寧《ていねい》にアルバムをしまうと、ニコニコと口を開いた。

「は、恥ずかしいこと言わないでよっ。誰がお人形さんみたいに可愛くて綺麗って？　黒木くん、ほんと言いすぎっ」

「いや、そこまでは……」

言ってないけど……。

ばしん、と肩を思いきり叩かれた。いたい。

「もうやだっ、そういうことを真顔で言えるの、黒木くんの変なところだよねっ」

バシバシ叩かれる。肩外れそう。

それにしても懐《なつ》かしい。小学校時代、ちょっとだけ縁のあった同級生だ。

「昔、いろいろあって、頼られてたっていうか、俺の陰に隠れてた転校生だ。海外から日本に来たんだと思うけど、でも、父親は日本人だったぞ。母親はめちゃくちゃ綺麗な人だったな」

髪も銀色で、長くてサラサラで。いい匂いがして……そうだ、目の色も、藤堂みたいに綺麗だった。たしか緑色だったっけ。懐かしいなぁ。

「ふうん……ああ、そう……頼られてた、ね。美人のお母さん、ね。ずいぶん遠い目するね、黒木くん。また会いたい？　そのお母さんに」

「い、いや別に……」

藤堂は、怒っているというよりも、いじけているように見えた。ほっぺを膨《ふく》らましている。

まるで小さな女の子みたいだった。

それにしても、女子の扱い方がわからない。初心者なのに、いきなりボス討伐に連れて行かないでくれ。

俺が戸惑《とまど》っていると、藤堂は風船みたいに膨れていたほっぺから空気を抜いた。「頑張れ、マシロ」と呟《つぶや》く。おまじないだろうか。それから、新たなアルバムを拾い上げた。

「じゃあ、黒木くん。この中学時代のやつ」

これ、いつまで続くんだ。

「そろそろ終わりにしてくれ……」

藤堂は引くに引けない様子だ。

「さ、最後だからっ」

「わかったよ……」

「この、一見すると仲良さそうには見えないのに、やたらと黒木くんと一緒に写ってる女の子は？　黒髪で静かで日本人形みたいに清楚《せいそ》なんだけど……あとなんかスタイルいいね……背は低そうだけど、胸がとにかくすごい……」

中学であれば、つい最近のことなので、よく覚えている。だが、なにかと説明が面倒な相手だ。

「端的に言えば、なしくずしに腐れ縁となった相手というか、俺が勝手にそいつを手助けしてただけだ。それ以上でも以下でもない」

「手助けって……黒木くんから……？」

「まあ、俺からだな」

「そんなことってある……？」

そこまで疑問に思われる俺って、いったい……。

でもまあ、一度きりの気まぐれだったし、なにより――。

「卒業してから一度も会ってないけどな」

藤堂の顔がパッと輝いた。

「へーっ、そっか！　会ってないのか！」

藤堂のテンションが、いよいよわからなくなったところで、俺は突き放した。

「そろそろやめないと、ゲームしないぞ。ついでに部屋から追い出す」

「はーい、ごめんなさーい」

笑顔を維持したまま、藤堂は頷《うなず》く。どうやら、質問タイムは終わったようだ。素直にアルバムを、元の棚に戻し始めた。

俺はその様子を見てから、席に座る。微炭酸ジュースのキャップを開けて、口をつけた。

床のアルバムをすべて片付けた藤堂は、立ち上がると、おもむろに顎《あご》に指を当てながら、

「うんー？」と切り出した。

「それにしても黒木くんって、アルバムに反応しすぎだよね……？　あ、もしかして、わたしの写真でも隠し持ってるんじゃないの？　だからアルバム見られると焦《あせ》るんだ」

「ぶふぉっ」

炭酸水を部屋中に散布しました。

藤堂は目を丸くする。

「え？　うそ。本当に隠し持ってるの？」

「隠してるわけないだろっ」

「……隠さずに持ってるの？」

「も、もってねーよっ」

ＣＭの画像等はパソコンに保存してしまっているが、写真ではないので嘘じゃない。絶対に見つからないようにパスワードもかけてある。あと、ＣＭでちょっと有名になったときの稀少なグラビア画像も隠した。ワンピースと水着のやつだ。掲載された雑誌はプレミア価格だったので諦《あきら》めた。

藤堂はいやらしい笑みを浮かべた。

「おやおや？　なんかあやしいなあ？　まさか、わたしのこと、気になっちゃってるのかなあ？」

「うるさいな、ゲームするんだろ、早くマウスを持て、ヘッドセットをつけろ、前を向け、敵に銃口を向けろ」

「黒木くん、こわーいっ。マシロ、どきどきしちゃうー」

「っく……こいつ……」

「あははっ」

藤堂はおかしそうに椅子に座ると、マウスに手を置いた。

なんて騒がしい日々だろうか。これから夏休みも始まるし、水着も買いにも行くし、そのあとには海にだって行くらしい。

これが青春なのだというならば、やっぱり俺には荷が重い。

ヘッドセットの向こう側で藤堂がぶつぶつと何かを呟《つぶや》いているようだったが、うまく聞き取れなかった。

「(アルバム確認しておいてよかった……黒木くんって、やっぱりこういうタイプか……ライバル多いのかな……？　せっかく仲良くなれたのに、彼女できたら遊べないじゃん……ちょっと気合い入れないとまずいかも……水着、やっぱりビキニにしようかな……でもほかの男子に見られたくないんだよなあ……)」

ゲームの攻略法でも思い出しているのか？　それとも俺になにか質問でもしてるのか？　カナル型イヤホンを外して尋《たず》ねた。

「なんか言ったか」

「え、あ、ううん。なんでもないよ、なんでも――さっ、ゲーム、ゲーム。明日はレッスンで大変だからね。今日はたくさん楽しむって決めたんだ」

「そうだな、そこは頑張ってくれ。ゲームをしたくなったら、うちに来ればいいし、できることならなんでもするから」

藤堂の顔がすごい速度でこちらへ向いた。

「え？　なんでもするの？　本当になんでも？」

「……なんか怖くなったから、なんでもはしない」

溶岩に飛び込めとか言われそうだ。

「なんだ、残念」

少し茶化しすぎたので、補足だけはしておいた。

「でも、助けるのは本当だ」

俺と藤堂は友達じゃない。でも、同じ方向へ歩く仲間だ。だから助ける——そういう気持ちが伝わったのだろうか？　藤堂はＣＭで見せていたのと同じ横顔で、俺に微笑む。まるでテレビの中に入ったかのようだったが、これは現実だ。それは俺だけに向けられた特別な表情だ。

「ありがと。さすが、黒木くん。頼りがいのある仲間だね」

その表情は美しく、かわいらしく、どこか不敵で、実に小悪魔的だった。

＊

——なんてことがあった日の夜のこと。

俺はといえば、なにをするでもなく、ベッドの上でゴロゴロしたり、スマホを適当にいじったりと、無為に過ごしていた。

ふと時計を見れば、すでに深夜帯だった。考え事をしていたせいか、それとも別の理由からなのか、眠気が全くやってこなかった。

スマホを枕の横に置いて、大の字になって、目を瞑《つむ》る。今日の別れの場面を思い出した。

藤堂は玄関で洒落たスニーカーを履《は》くと、俺に背を向けながら、両手で髪の毛を押さえるように整えた。それから、ゆっくりと振り返った。ふんわりと広がった髪と共に、甘い匂いが鼻をくすぐる。

『黒木くん、今日もありがと。えっと……帰るね？　明日は来れないけど、また遊んでくれるよね。見送りはここでいいから、本当に。じゃあ……ばいばい』

手を小さく振った姿が、どこか名残惜《なごりお》しそうに見えたのは、俺の身勝手な妄想だろうか。客観的な意見として聞いてほしいのだが、誰が見ても、藤堂は実に可愛らしく見える。犬を見たときに「かわいい」と言ってしまうくらい自然に、「藤堂、かわいいな」と思ってしまう。

生まれながらにして、そういう存在なのだ。ついでに、ふと大人びた美しさを見せてくるときもある。もう、俺ごときには、わけがわからない格上の存在だ。

だからというわけではないはずだが、今日、俺はどんな言葉を口にして、藤堂と別れたのかを覚えていなかった。

『ああ』とか『うん』とか、とりとめのない返事だったように思う。

適当な相槌《あいづち》に聞こえただろうか。藤堂は気分を害してしまっただろうか。それすら気にならないほど、上の空だった。

頭の中には、ある思考がめぐっていた。それは数日前から、ぼんやりと頭の中を漂っていた。

それが、急に顔を出したのだ。

シンプルに言えば――俺、このままでいいんだろうか？　という疑問と気づき。同じ場所でゲームをしているはずなのに、藤堂が一人で先に進んでいるような焦《あせ》り。

俺がこれまで、自分自身を卑下《ひげ》してきたのは一種の処世術だったのだろう。自分を、相手より下に設定することで、目立たぬように生きようと考えていた。

だが、それは相手のことなんて考えていない、ただの自衛手段だった。相手との意思疎通《そつう》を無視し、頑《かたく》なに自身の立ち位置を守ってきただけのこと。

うまくやろうとして、結局、傷つかないように自分を騙《だま》しているだけだった。藤堂の真っすぐな笑顔を見ていたら、そんなことに気がつかされた。モヤモヤしているときは平気だったのに、問題点として見えてしまえば、すぐに情けない気持ちになった。

だから、決めた。

少しでもいいから、変わろう。

いや、変わらねばならない。

俺のことを『仲　間《パーティメンバー》』と認めてくれた藤堂に対し、俺も誠実でいなければならない。そのチャンスを逃すわけにはいかない。そうでなければ、俺はいつか、藤堂と本心で話すことができなくなってしまう気がした。

記憶の中の藤堂が、変装用の帽子を深くかぶり、ドアの向こうに消えた――。

「よし……っ」

そうと決まれば、善は急げである。

瞑っていた目をカッと見開き、俺はスマホを手に取る。

藤堂と一緒にレベルアップをしたいなら、共に行動し、経験値を積むこと。それは、RPGのレベリングと一緒だろう。

「まずはLIMEを送るか……」

というか、それ以外に藤堂へのアプローチを知らない。パーティ募集掲示板とかあればいいのに、と甘えた考えの自分を脳内でぶん殴った。

「うーん……こうして考えると、連絡するのも難しいな……」

さっきまで一緒にゲームをしていたくせに、連絡をとるとなると別問題になってしまう。

普段は、向こうから連絡が来るからな。こっちから話題を振るのって、もしかしたら初めてかもしれない。

藤堂とまともに付き合ってきたふりをして、やはり俺は何もしていなかったのだ。

決意は一瞬。しかし行動に移してみると、ものすごく大変だった。

何度、スマホ画面をタップしただろうか。

時刻を見れば、すでに深夜三時を回っていた。

「やっと完成したぞ……」

書いて、消しての繰り返し。何度見ても気持ち悪く感じてしまう文章だったが、それでも俺の精一杯の気持ちをぶつけた。

深夜の変なテンションだった。脳が活性化し、興奮していた。

「送信だっ」

タップしてから、ようやく気がついた。

「ああっ！　こんな深夜に送ったら迷惑だろ！　送信取り消し——してももう意味はない！

なにやってんだよ、俺ぇ……！」

うおおお、と頭を抱《かか》えてゴロゴロと転がる。なんでいつも自分のことしか考えていないんだ。

ドアの向こうから、深夜とは思えないほど元気な茜の声がした。

「にいに、さっきからうるさい、ご近所迷惑でしょ、ステイ」

「すみません……」

俺は犬じゃない。しかし、ぴたりと動きを止めて、謝罪してしまう。哀《かな》しい性《さが》だ。

そのとき、手からスマホが零《こぼ》れ落ちた。画面に表示されている藤堂宛てのＬＩＭＥメッセージ。既読がつくわけのない、俺からの文章はこうだった。

《ヨウ：そういえば水着買いにいくんだよな？　いつにする？》

数時間かけて生み出した、魂の一文だ。

言いたいことがあるなら、なんとでも言ってくれ。俺だって自分になにか言ってやりたい。

残念だが、これが今の俺のレベルなのだ。


さて。

既読と返信は、翌日、思ってもみない早朝に届いた。
《ましろ：すぐいこう！　明日いこう！　七穂駅に十一時！　遅刻現金！》
藤堂ですら、変換ミスまでしている状況に、どこか心が救われつつも——え？　まさかこれ、遅刻したら罰金取られるってこと？　と恐怖した。

21 買い物クエスト

東京都七穂市《ななほ》は、人口約五十万人を擁《よう》する中核市である。その中心に位置する七穂駅は、東京や横浜《よこはま》などの主要駅直通の路線を有しており、駅自体の規模は大きくないものの、人の往来《おうらい》が絶えない賑《にぎ》やかな駅である。

南口と北口を繋ぐ幅広の通路には様々な人々が行き交っている。無表情の社会人。雑踏《ざっとう》。楽しそうな笑い声。部活へ向かう学生、大学生かなにか。母親と子供。高齢者の夫婦。皆、他人なのだが、俺からすれば一対全員といったイメージ。

夏休みに入ると、世の中の空気が弛緩《しかん》したように感じられる。時間も間延びして、緊張感がなくなる。学生たちの心に、余裕が生まれるからだろう。だが、俺の体はカチコチに固まっていた。

場所、七穂駅改札前、コーヒーショップの前。藤堂《とうどう》が指定した待ち合わせ場所。

時刻、九時四五分。待ち合わせ時刻まであと十五分。

目的、藤堂真白《ましろ》と水着を買いに行く。俺が誘った。

羅列《られつ》してみれば、それだけのことなのに、俺の心臓は破裂しそうだ。今朝は、五時半に目が覚めたし、待ち合わせ時間四十分前にすでにここに立っていた。罰金も怖い。

周囲の音が、遠く聞こえる。薄い膜に覆《おお》われているようだ。

昨日の夜までは、比較的落ち着いていた。唐突に定まった予定に実感が湧かなかったからだろうか。

だが、ふと朝に目が覚めてからというもの、俺の緊張は右肩上がりだった。

「落ち着け、たいしたことじゃない……」

自分に言い聞かせた。そうだ、そうだ。たかが同級生の女子と水着を一緒に買いに行くだけじゃないか。そんなこと、大したことでは――ある！　大したことだよ！

「っく……やばいぞ、これは……」

自己暗示が通用しない。

待ち合わせでこれなら、合流したらどうなってしまうのだろうか。

震えていると、南口方面に延びる通路が騒がしくなった――気がした。気のせいだろうか……いや、気のせいではない。先ほどからうるさくはあったが、別の要素が加わったような不思議な感覚。ざわめきが、うねっているようだ。

俺は原因を探ろうと、遠くに視線をやった。誰かが歩いてくる。ただの人間だ。なのに、そいつが進むたびに人が視線を向け、進路を譲るように避ける。

まるで芸能人みたいな奴だった。タイトなワンピースから、ショートブーツを履《は》いた白い脚が伸びている。ショルダーバッグを肩にかけて、灰金髪《アッシュブロンド》をなびかせる。黒いマスクをつけているが、それでも顔が小さいことはよくわかる。

そして、瞳。近づくたびに、その色が、青だということに気がつく。自分を偽《いつわ》らず、真っすぐに進む少女は、文字通り女神のよう。

そう。つまり彼女は藤堂真白だった。芸能人として騒がれているのではなく、その稀有《けう》な存在感が他人の目に留まっている。

「なんだよ、あれ」

誰もが目を奪われる。美しさと共に放たれるオーラは、選ばれし勇者のようだ。あるいは絶対的存在である魔王でもよいかもしれない。

彼女の目的地は、もちろん俺である。ゆえにこちらに近づいてくる。周囲の人間は、藤堂真白がどこへ向かうかが気になっている。俺は首筋に刃物を当てられている人の気持ちがわかった気がした。

藤堂は俺を見つけたようだ。「あ」と藤堂の口が動いた気がした。黒いマスクをしているので見えないが、布がひっぱられていた。

俺と目が合った藤堂が、手を上げる。目が三日月の形になるくらいには、嬉しそうだ。

一部の人間がさりげなく、こちらを見る。あんな美少女と待ち合わせしてるなんてどんなやつなんだ――え？　お前なの？　なにかの間違い？　親戚？　家族？　いいえ、他人です……。

「うう……」

藤堂は笑顔で手を振ってきた。周囲のことなんてまるで気にしていない。

逃げたい。手、上げたくない。

「おーい、黒木《くろき》くーん」

俺が気づいていないとでも思ったのだろうか。周囲の目があるというのに、さらに大きく手を振りながら、藤堂は声をあげた。小走りになり、カツカツとブーツの音が近づいてくる。ぴったりと肌に張り付くようなワンピースなので、走るたびに色々なところが揺れる。

周囲は藤堂を見て、俺を見る。そのうち藤堂の揺れる部分に気がつき、目が離せなくなる。

俺は顔がひきつる。注目の的《まと》だ。

ふと、今日の目的を思い出した。成長をしたい！　と思っていたんじゃないのか？　なら、ためらうことなんてないだろう。経験値を稼ぐチャンスじゃないか。自分から逃げてどうする。

俺の手は、錆《さ》びたおもちゃみたいに、ぎこちなく上がった。

「お、おぉー」

なんとも情けない声は、雑踏に紛《まぎ》れて消えてしまった。手はゆっくりと下がって、行き場をなくす。

声が届いたわけもないのに、藤堂は満足したのか、手を下ろした。力強くも、流れるような歩調でぐんぐん近づいてくる。

「今日はがんばるぞ」

口が勝手に呟《つぶや》いていた。もちろん今だって頑張ったぞ。そのおかげで緊張なんて、消えていた。

「やぁ、お待たせ。早いね？」

「……いま来たところだ」

嘘です。もう四十分も同じ場所で直立不動でした。

「ふうん？」

藤堂の目が細くなる。獲物を狙うかのように。

「な、なんだよ」

「べつにぃ？　ていうか、なんかあるのは、黒木くんのような気がするけど」

「っく」

「当たり？」

今度は流し目で、微笑む。そのすべてが、やけに大人っぽくて、とてつもないほどに眩《まぶ》しくて、なんだかいつもみたいに話すことができなかった。

絶対に勝てない。戦略的撤退だ。

俺は小さく喉《のど》を鳴らしてから、最低限の義務を果たす。

「今日は、水着選び、よろしくお願いします。お忙しいのにありがとうございます」

「え、なに。いやによそよそしい。なんか企《たくら》んでる？」

「企んでない」

負けた側の謙虚さを味わうがいい。

「あやしいなぁ？」

それでも、マスク越しの藤堂の笑顔は、いつも通り輝いていた。

話もほどほどに駅ビルへと入り、藤堂と二人でエスカレーターに乗る。藤堂が先に乗ると、上半身をひねってこちらを見た。

「合流したとき、態度冷たくなかった？　なにかあったの？　もしかして、こういうの初めて？」

まだ言っている。そんなに気にしなくてもいいのに。

その時だ。俺は、気がついてしまった。

もしかしたら、藤堂は、俺が人と出かけたことがないとでも思っているのだろうか。それで。

俺がテンパっている、と気を遣《つか》ってくれているのだろうか。確かに先ほどから、藤堂のテンションがおかしい気がした。

俺だって中学時代はそれなりの愛嬌《あいきょう》はあったので、多少は友達もいた。あくまで藤堂の圧に慄《おのの》いていただけで、知り合いと歩くことにビビっているのではない。これはよくない。気遣われていては、俺のレベルが上がらないじゃないか。

俺は見上げるように、藤堂を見た。二人で上階に運ばれている間に、決着をつけよう。

「藤堂。いきなりだけど、一つ聞いてほしい」

「え、どうしたの……？　ここで？」

藤堂が珍しく戸惑《とまど》っている。それはそれで面白い。俺の緊張が薄れたところで、言いたいことを言っておこう。

「まったく気を遣う必要はないぞ。俺は藤堂が考えている以上に、こういう経験がある」

「……え？」

藤堂は、こちらへ視線を固定したままエスカレーターを降りた。俺なら、つまずいている。他人の邪魔にならないように、少し歩いてから、藤堂は聞いてきた。なぜか無表情である。

「……あ、そうなんだ。黒木君、こういうこと……多いの？」

「こういうこと？」

藤堂、無表情。なにも読み取れない。

「誰と、するの。こういうこと」

まずい。具体的な例はない。

誤魔化すしかない……。

「まあ、いろんな人と、いろんな人と……」

「いろんな人と、経験してるんだ。へえ」

最近だと、母親とか妹とか。高校生活を送る中では、実は今日が初めてである。しかし、ここでネガティブになっていたら、藤堂の隣は歩けないだろう。

水着を買うというミッションで、俺のレベルを上げないといけないのだ。ゲームだって、及び腰でいたら、うまくなるものもうまくならない。飛び込むことが、大事なんだ。

だから、俺は胸を張り、『ドンッ』という効果音を脳内再生しながら宣言した。

「経験は少なくないっ」

しかし、多くもない。そこは物の言いよう。

さあ、藤堂。遠慮せずに、対等に話をしようじゃないか……！

「へえ……、そうなんだ……少なくない、ね」

だが。

俺の意に反して、藤堂の目は細められた。どこからか、エアコンとは別の、冷たい風が吹いてきた気がした。『ヒュー』という効果音が藤堂の背後に見える。

「え？　ど、どうした、ました？」

噛んだけど、話は進んだ。

「いや、別に？　でも、そうかぁ、黒木くん、思ったより女たらしなんだねー？　そっか、そっかー、たくさん経験済みなんだ。ふうん。わたしだけか、気にしてたの」

「え？　女たらし……？」

どういうこと？

母親と、妹のこと？

頭が混乱していたが、藤堂自《みずか》ら答え合わせをしてくれた。

「別に、これがデートとは言わないけどさ？　それでも、そんな、自分の経験数の多さを相手に伝える必要はないと思うけどな。でも、そっか、そっか。黒木くんは、女性とのお出かけに慣れていらっしゃるのか。それは予想外だったよ……」

藤堂は、やけに余裕がないように見えた。顔に汗だらだらって感じで、視線は合わせず、早口でしゃべっている。なんなら、漫画みたいに瞳の中にぐるぐると渦が巻いている気さえした。

新鮮な藤堂の態度に、妙な親近感が湧いたが、同時に焦《あせ》った。

まさか勘違いをされている⁉　女性との買い物慣れてます宣言をしたと思われている⁉

ま、まずい。

先ほどまでの余裕はどこへやら。俺は周囲の視線も気にしないほどの勢いで、説明した。

「ちがうぞ、ちがう、藤堂。勘違いしているぞ⁉　俺はデートなんて一度もしたことのない雑《ざ》魚《こ》だ！　雑魚オブ雑魚！　女子相手になにもできないただの弱虫！　俺と買い物を付き合ってくれるのなんて、藤堂ぐらいだからな⁉　お前は俺の救いの女神なんだぞ⁉」

藤堂は停止した。言葉を、頭の中で整理しているのだろうか。

周囲から視線を感じる。なんだか、くすくすと笑われている気もしたが、今は無視だ。

再起動しないまま、藤堂の顔がボッと燃えたように赤くなった。藤堂は、口元に腕を当てるように顔を隠す。

「お前って言わないで……。あと、恥ずかしいこと、叫ばないで……」

「恥ずかしい……」

今の自分の姿を客観的に想像してみた。自分を大きく見せようとして、失敗し、大声で威嚇《いかく》するように言い訳までする。たしかに、ダサい。

気持ちが、ズーンと落ち込んだ。

「たしかに、そうだ……俺は、恥ずかしくて、ダサい……」

口をぽかんと開けていた藤堂は、ゆっくりと現実を認識するように、目を細めた。だがそれは、先ほどの冷たい様子ではなく、なんとも親しみが込められた目だ。

「いや、そういうことじゃないんだけどね？　まあ、面白いからいいか。勘違いして、ごめんね、黒木くん。普通に考えたら、黒木くんが女たらしなわけないよね。そんなに恥ずかしい人、誰も相手にしてくれないもんね？」

「くっ」

なんだかそこまで言われると、逆に悔しい。だが、悔しさは、うまくなるためのスパイスだということを、俺は対戦ゲームで学んでいるからな。

むしろ、この感情を武器に、俺も戦おう。

経験値を稼がねば、レベルアップはしないのだ。

俺は、先を歩き始めた藤堂の横に並びながら、言った。

「そういう藤堂はどうなんだ？」

「……え？　なんの話かな？」

なんの話かわからない、といったような態度の藤堂だが、察しのいい彼女がわからないわけがない。心なしか、先ほどの戸惑いがぶり返しているようにも見えた。

そこで、ふと気がついた。

まさか、逆に気を遣われているのか……？　俺が経験不足だから……？

「……藤堂、やめてくれ。さっきは俺が悪かったんだ。藤堂が無理に隠さなくていいんだぞ」

「え？　いや、隠そうとしてるわけじゃ――」

藤堂は、大げさに否定するが、逆にバレバレだ。やっぱりそうか。俺のために言葉を選んでいたらしい。

何とも思っていない風に、精一杯の笑みを見せた。

「藤堂。デートの経験が多いことを隠さなくてもいいぞ。俺は、平気だから。藤堂ぐらい可愛ければ、毎週、別の男とデートしてたって、なんら不思議じゃないからな……！」

「うん……？」

藤堂は、首をかしげる。なるほど。俺の成長ぶりに面食らっているに違いない。

背中を押すように、俺は全力で頷いてみせた。

「藤堂はモテるだろうし、断りきれない誘いもたくさんあるだろうしな！　芸能界でもいろいろと付き合いもあるもんな！　いつも頑張ってるしな！」

「……い」

「え？」

「……ない」

「なにが……？」

頑張ってないの……？

藤堂がうつむき加減にぼそっと呟くものだから、俺は思わず片耳を近づけてしまった。

聞こえたのは、すうっと息を吸い込む音。

それから——耳元で藤堂の声。

「だから！　わたし！　経験！　ないからっ！」

「鼓膜がっ⁉」

耳がキーンとする。思わず、一歩引いて、耳を押さえた。

視線を戻すと、藤堂は眉をしかめている。

「ほんっとに、あり得ないからっ」

「ご、ごめんなさい？」

なんか失敗した。なぜだ……？　経験値稼ぎポイントだったはずなのに。

藤堂は腕を組んで、そっぽを向いた。膨《ふく》らませたほっぺたが正面に見えた。

「わたし、そんなに遊んでないから！　黒木くんとしか遊んでないから！」

「だからゴメンって……」

あれ？　俺としか遊んでない？　それはそれで心配だけど、今は黙っておこう。火に油を注ぐ趣味はない。

「いままで、わたしのこと、そういう風に見てたの？」

「そういう風って？」

どういう風だ。

まじでよくわからなかった。

「え」

藤堂は怒った顔のまま、なぜか停止した。画面がフリーズしたゲームみたいだったが、その顔だけがみるみるうちに真っ赤に染まっていった。

「だ、だから……その、わ、わたしが……」

「藤堂が？」

「裏で、い、いろいろとシてるみたいな……」

「いろいろ？」

藤堂は「うう……」と唸《うな》ったあと、目を瞑《つむ》りながら、グッと腹に力を入れるように言った。

「もういいからっ、はやくいくのっ」

「ええ!?」

止める間もなく、藤堂は逃げるように先を急いだ。

俺は追いかけながら、呟く。

「本当に成長できるんだろうか……」

頑張れ、俺。負けるな、俺。

＊

合流してから一時間ほどが経過していた。

俺の手には、先ほど買った水着の入ったショップ袋が、ぶら下がっていた。

「結構、早く決まったね？」

機嫌が直った藤堂に、俺は、ため息をぶつけた。

「無茶な水着ばっかり押し付けてくるから、選択肢がほぼなかっただろ……」

藤堂は心外だ、というように口を開く。

「えー？　でも、ブーメランとか競技用とかは持ってこなかったよ？」

「ピンクとか、ゴールドとか、あり得ない色を勧《すす》めてきたろ」

「かわいいし、ゴージャスだし、よくない？」

「よくないし、おしりに虎がプリントしてあるのも勧めてきたろ」

「かわいいじゃん？」

「藤堂の価値観がわからない……」

「でも、買ったやつは、試着しなくてよかったの？」

俺はショップ袋をかかげた。有名なスポーツブランドのものだ。水着って意外と高いので、ビビったのは内緒である。

「バミューダタイプだから、大丈夫だろ。色も黒一色だし、不良品ってこともないだろうし」

ダボっとした、半ズボンみたいなシルエットの水着だ。黒一色だけど、腰の紐《ひも》は鮮やかなオレンジでキレイだった。

「いや、そういうことじゃなくてさ。なんというか、着ないとわからないこともあると思うけ着でも、形は微妙に違うようで、俺に合うのはバミューダの中でも、比較的、細く見えるものらしい。

「でも、藤堂がサイズ見てくれたし」
「うーん。まあねえ？」
藤堂は俺の体をシャツの上からべたべた触って、水着を見繕《みつくろ》ってくれた。同じタイプの水
どなぁ」

「じゃあ、いいよ。俺は藤堂を信じてるから」

仲間っぽい言葉を言ってみたが、藤堂には響かなかったようだ。

というより、何か別のことを考えていたらしい。

「それにしても、黒木くんって結構、筋肉ついてるんだね」

じろじろと俺の体を見てくる。胸のあたりとか、腹筋とか、肩とか。

「え、セクハラじゃん……」と俺が身をすくませると、「は？　やめてよ、そういうの」と藤堂は心底イヤそうな顔をした。

「ごめんなさい……」

何回謝ってるんだろうか。こういう軽口って難しいんだけど……。

藤堂は「もう」と言いながら、ワンピースの裾《すそ》を引っ張るようにして、整えた。

「黒木くんって、運動とかしてるの？　たしか、帰宅部だよね」

「今はそうだけど、中学時代は陸上部だったし、今も気分転換にたまに走ってる」

「あー、そうだったね」

ちょっとしたカミングアウトのつもりだったが、藤堂はそれほど驚いていない。

俺の表情をどう思ったのか、藤堂はぺらぺらと話し始めた。

「あ、いや、卒業アルバム見てたし、そういえば、陸上部の写真に載《の》ってたなって。結構、黒木くんの過去は知ってるかもって思って」

「俺の過去が流出してるじゃん……」

「あはは。まあ、わたしにだけだから、いいでしょ？」

ね？　と下から覗《のぞ》き込んでくるように確認をしてくる藤堂の胸元が、バカっと開いた。身に張り付くようなタイトさだったが、胸元だけは違うらしい。

「わっ」と藤堂が押さえる。

「ご、ごめん」

俺はそっぽを向く。顔が急に熱くなる。いままでだって、何度か見てきた光景だったが——いや、それは誤解を生むが、とにかく初めてではないのに、私服ということもあって、焦ってしまった。

藤堂は自分も驚いていたくせに「いやいや、別にいいよ」と言いながら、不穏な言葉を続けた。

「今からもっと見てもらうわけだしね」

俺は勘が鋭いというわけではない。

茜《あかね》からは「にぶすぎっ」などと罵倒《ばとう》されることもある。

だが、今日の俺は違った。

藤堂が何を言わんとしているのか、瞬時に悟った。悟ってしまえた。ゆえに、俺は逃げの態勢に入ってしまった。

「よし、藤堂。水着を選んでくれたお礼に昼食をおごるぞ？　なんでもいい。高くてもいい。さあ行こうすぐ行こう」

「まだお昼には早いでしょ？　それに——」

藤堂は、俺が何かから逃げようとしていることに気がついているみたいに、にやりと笑った。

本気でレベルアップしようとしてるのか？　なんて自分に問いかけつつも、やっぱり、もう無理かもなんて思ってしまう。

それほどに、ダメージの大きい、藤堂の笑みと言葉が俺を襲った。

「——今度は、わたしの水着を選ぶ番ってことぐらい、黒木くんにもわかってるはずだけど？」

夏が近づいてきた気がした。

やけに深く見える藤堂の胸の谷間から、必死に視線を逸《そ》らすだけで精いっぱいだったのだけども。

茜の声の幻聴が聞こえた。

「ほんと男ってサイテー」

はい、反省します……。

＊

場所は変わって、駅ビル内の大規模イベントスペース。

現在は、女性用水着の販売会が開催されている。特設会場というだけであって、とんでもない数の水着が吊るされていた。

俺は、邪魔にならないように、会場の端っこに一人で突っ立っている。なんとも居心地が悪いが、俺を連れてきた藤堂真白は、到着するやいなや「気になったやつ、いくつか集めてくるねっ」と、笑顔で水着の向こう側へと消えていき、いまだに戻ってこない。

人の往来は激しく、水着を求める女子の数は想像よりも多かった。女一名、女複数、男女複数、同年代グループ、親子関係、そして男女二名。

さまざまな組み合わせが、右へ左へ行き交う中で、男一名、棒立ち状態は目立ちすぎる。藤堂さま、早く戻ってきてくださ い……。祈ったが、まだ願いは叶《かな》わない。

手持ち無沙汰《ぶさた》だったので、掲示されていたポスターのQRコードを読み込んでみると、イベント紹介ページに飛んだ。

どうやら、毎年行われている有名な販売会らしく、様々なブランドの水着が、あり得ないほどの割り引き価格で売っているらしい。型落ちを中心に仕入れているのだろうか。

どうにせよ、金欠になりがちな女子高校生からすればありがたいはずだ。夏が来るたびにSNSで拡散され、今では関東一円でも有名なイベントになっているという。

「俺が誘ったつもりだったのに、藤堂にも目的があったとは……」

むしろこっちが目的だったのでは？　などと疑ってしまうが、賛同してくれる者はいない。

心の中の天使が『藤堂さまが水着を選んでくれただけで、ありがたいではないですか』と笑っている。悪魔のほうも『自分の立場わかってんのか？　藤堂真白に文句なんて言えねーだろ』と三又《みつまた》の槍でほっぺたをツンツンしてくる。

思考停止以外に、逃げ道は存在しなかった。

ぼんやりと周囲を見ると、手に水着を持った同い年くらいの女子たちは、奥へと進んでいくようだった。試着室がそちらにあるらしく、『フィッティングスペースはこちら』と掲示されていた。

灰色のカーテンがかけられた一人用の試着室は、綺麗に一列に並べられている。

特設会場が横長なので、どこからでも一定の距離で試着室にたどり着けるように、工夫しているのだろうか――などと、ぼうっと考えていたときだった。

突然、視界の外から声をかけられた。大人の女性の声に聞こえた。

「ちょっと、キミ。いま女の子をジロジロと見てたわよね？　かわいい子でもいたの？」

「い、いえ！　見ておりませんっ！」

声が裏返り、背筋が伸びる。

ま、まさか、防犯係に目をつけられた……⁉

おそるおそる視線を向けると、両手いっぱいに水着を持った藤堂がにっこにこで立っていた。

「ビビりすぎじゃない？」

「悪趣味すぎだろ……」

心臓が口から飛び出したかと思った。洒落にならない。

藤堂はなにがそんなに面白いのか、くすくすと笑いながら「ごめん、ごめん。そんな簡単に引っかかるなんて思わなかったの」と口にした。それから両手いっぱいの水着をかかげる。

「待たせてごめんね。わたし、これから試着するから、いい？」

「え、あ、はい」

突然の試着宣言。とはいえ、買いに来てるのだから、それも当たり前だ。

ようやく合流できるかと思ったが、まだまだ孤独に耐えなければならないらしい。周囲からの視線が気になり始めてきたが、これもまた試練なのか……。

「弱気になるなよ、がんばれ、俺」

こういうときにこそ、ドンッと構えて、藤堂を待っていなければならない。そういう細かい一つ一つの行動が、変化を生むんじゃないか。

そうだそうだ、と内心頷《うなず》いていると、試着室に向かう藤堂が、振り向いて、怪訝《けげん》そうな顔をした。

「なんで、突っ立ってるの？　はやく、ついてきてよ」

「そうだそうだ……え？」

「え、じゃないよ。試着室、空きが少ないんだから、はやくはやく。あと、声をかけたら順番に水着を渡してね？　試着室内に持ち込める点数、決まってるんだから」

脊髄《せきずい》反射で言葉が出た。

「無理だろ⁉」

「無理？　なんで？」

「だって、着替えだぞ⁉」

カーテン一枚挟んで、裸になるってことだぞ⁉

藤堂は、焦る俺を笑うでもなく、単純に否定してくる。

「意識しすぎでしょ。そんなこと言ったら、そこらへんでみんな試着室使ってるじゃん。みんな裸だけど、黒木くんはいちいち気にしてるってこと？　わ、それって、まずくない？」

「ぐっ」

言葉に詰まる俺を見て、藤堂は「くふふ」と小悪魔的に笑った。

たしかに、そこら中で女子が着替えている。藤堂だけを意識するのは、おかしい。だが、なんだか、その論法もおかしい気がした。ダメだ。頭が働かなくて、反論ができない。

「ほらほら、わかったら、これ持ってよ」

「はい……」

ふわりと渡された、数々の水着。青系が多い気がする。勝手なイメージで黒か白だと思っていたから、ちょっと新鮮だ。なにより、藤堂の瞳と海の美しさにとてもマッチしそうだった。

藤堂は俺の顔を覗き込む。

「なんか意外そうな顔してるね」

「いや、なんとなく、白か黒を選ぶのかなって思ってたから」

藤堂は「む？」と眉根を寄せた。

「黒木くんって、そういう系が好きなんだ？」

俺は首を横に振った。

「好きとか嫌いとかじゃないけど――でも、青もいいよな。藤堂の瞳みたいで綺麗だし。似合いそうだ」

「え、あ……ふーん、そういうこと言うんだ？」

「なに？」

そういうことって、どういうことだ。

回答はなかった。藤堂は俺の腕の中から、青系のビキニをいくつか取ると、自分が持っていた茶系のものと取り替えた。

「じゃあ、そこの試着室に入るから、外で待っててね。声かけたら、替えのやつちょうだいね。あと、誰かが近づいてきたら、ちゃんと守ってね？」

「わ、わかった。誰かが来たら、守っておく」

まともな宣言のつもりだったが、藤堂からしたら滑稽《こっけい》だったらしい。

「っぷ」と笑ったあと、「その門番さんが、覗くなよぉ？」などとからかってくる。

「はやく着替えろ」

「あ、早く着替えてほしいんだ？　わたしの水着、見たいもんね？」

何を投げてもホームランを打ってくるんですけど……。

「じゃ、よろしくね？」

藤堂は、試着室のカーテンを閉めた。


一列に並んだ試着室を見る。藤堂の言うように、女子が入っては、出ていく。男性が外で待機しているケースも多い。店内には音楽が流れていたが、カーテン一枚向こう側の音をかき消すほどではなかった。

藤堂が中にいると思うと、気にしないようにしていても、向こう側の音を捉《とら》えてしまう。

「うーん、ちょっと過激すぎかな……あんまり出てるのも日焼け面倒だしなぁ……」

「……」

「前はいいけど、後ろがひどい……ほとんど出てるじゃん……」

「……、……」

「あ、これいいかも……でも、紐が安っぽいなぁ……ほどけたら終わるか……」

「……、……、……」

「ねえ、黒木くん。これ、ほかのと交換してくれる？」

「っ⁉」

試着室のカーテンが少しだけ開いて、藤堂の白い腕と手が生えてきた。複数枚の水着が差し出されている。

当たり前だが、それは藤堂が着て、そして脱いだ水着である。試着したものはそのまま返さずに、返却カゴに入れて店員に渡せばいいようだ。だから、簡単に折りたたんであるだけなのだが、それが逆に生々しさを演出していた。

俺はこれを受け取っていいのか……？　これは普通の行為なのか……？　次々と湧き出てくる感情が、決着のつかない追いかけっこをし始めた。

藤堂の急《せ》かすような声。

「おーい、黒木くーん？　いるよね、そこに？　はやくとってよ」

「は、はいっ！　とりますっ！」

反射的に手を出し、ぐっと水着をひっぱる。焦りすぎて、藤堂の手も掴んでいた。

「あ、ちょっと、ひっぱりすぎるとカーテン開くっ、いま、うえ、なにもつけてないからっ」

「うそだろっ⁉」

思わず手を放した。

「うっそでーす。ほら、早く次のやつちょーだい？」

「こいつ……」

人の気持ちも知らないで……。

俺は藤堂に、手前から選んだ水着を手渡しながら、尋《たず》ねた。

「いま着たやつは、買うのか？」

カーテンの向こう側から回答あり。

「それは買わないかな」

「なら、はやめに返してきたほうがいいんだよな？　他の人が買うかもしれないし」

「あー、そうだね。気が利《き》くね、黒木くん。返却、頼める？」

「それならできそうだ。ちょっと行ってくる」

実は、気が利くわけではなく、ここにいたら即死攻撃が飛んできそうなので、撤退したいだけだった。

「ありがと。でも、早く戻ってきてね？　じゃないと、着てるところ見せてあげないから」

「……行ってきます」

聞こえないフリをするぐらいが、精一杯の反撃だった。


ということで、俺は店員さんを探して、うろちょろとすることになる。

これがまた難しかった。なにせ、店員は首から『スタッフ』というカードをかけているだけで、他は客と同じような私服だった。売り場の特性上、女性スタッフばかりのため、髪の毛でネックストラップが隠れており、後ろ姿からでは判断がつかない。

だから、前に回り込んで、胸元にかかるスタッフカードを確認する必要があるのだが、何度も、ただのお客さんの前に回り込んで、胸元を見ることになってしまい、非常に気まずい思いをした。

何度目かのチャレンジのあと、ようやくスタッフを見つけて、水着の入ったカゴを手渡した。「ありがとうございますっ」と店員から言われたとき、難関クエストをクリアしたようなカタルシスを感じたが、ただの『返却作業』でしかなかった。別の意味で泣けてくる。

とにかく藤堂のもとに戻ろう――と、自分を励まし、前を向いたときだった。

「ん……？」

なんだろうか。一瞬、強烈な違和感を覚えた。先ほどまで、店内をうろつき、人を観察していたからだろうか。その違和感が、やけに目についた。

気になったのは、一人の男性だった。大学生ぐらいだろうか。一見して、ただの客だ。髪もしっかりとセットしていて、服もお洒落である。彼女と来ているようにしか見えない。だが、気になる。

自然と、目で追ってしまった。

男性は水着も持たずに、誰とも話をせずに、一人で試着室のほうへ向かっている。しかし、右に左にずれて、目的地が定まっていない。カゴを持っている様子はなく、先ほどまでの俺同様にスタッフを探しているらしき気配もない。では、なにをしてるんだ？

男性は、ふと立ち止まり、女性に視線を向ける。

水着ではなく、試着室ではなく、女性を見るために立ち止まったようだ。が、近くに誰かが来ると、スッと、その場から離れてしまう。では、どこへ向かうかというと、また試着室のほうへ向かう。行動に一貫性がない。

広いイベント会場。たくさんの人間。その中で、そいつだけが別のゲームをしているように見えた。

「だれかを探してるのか……？」

スタッフを探しているなら、俺のような動きになるだろう。水着を探しているなら、水着を見るだろう。一緒に来た相手を探しているなら、そんな動きにはならないだろう。その場を離れたいなら、会場の外へ行くだろう。行動がちぐはぐだ。

仮に、男性がよくないことを考えているならば？　と俺は思考する。たとえば万引き――なら、試着室方面には用はないだろう。ナンパ？　なら、女性に近づくだろう。

「うーん……？」

考えすぎだろうか。世の中、推理漫画みたいに事件がぽんぽんと起こるわけもない。第一、怪《あや》しさで言えば、俺だって十分、怪しいじゃないか。人を疑っている場合ではない。

「……ん？」

ふと前方に気配を感じて、顔を上げた。同世代ぐらいの女子二人が、怪訝そうに俺を見ていた。考えながら歩いていたせいで、ぶつかるところだった。やっぱり俺のほうが危ないやつに違いない。

「す、すいません……」

頭を下げて、スルーする。ふと、女性二人の短いスカートが目に入った。水着売り場だからだろうか。藤堂だけではなく、薄着やミニスカートの女性が多い気がした。

思考が再開する。よからぬ思いがめぐる。

人出の多いイベント会場。誰がどういう関係なのかは、一目ではわからない。だが、性別の組み合わせなら、わかりやすい。ここは女性用水着売り場なのだ。

女子同士で来ていれば、お互い別々の試着室に入るだろう。だから、試着室前には誰もいない。一人で来ているなら、なおさらのこと。

そんな中、もしも、男が試着室の前に立っていたら、周囲はどう思うだろうか。彼氏や友達だと思うだろう。少なくとも、試着室の中の相手は、その男が前に立つことを許している——そう考えるだろう。

だから、その男性が試着室の前で水着を受け取って、女性用水着を持ち歩いていても、受け入れられる。俺が、そうだから。

この会場では、非日常的な日常が許容されている。

本来ならあり得ないが、男子が女子専用となっている試着室の前で行動していても誰からも注意されない。仮に、試着室の前でしゃがんでいても。なんなら、カーテンの中へ手を入れようとしても、一瞬の行動であれば、非日常の中の日常に溶け込んでしまう。

俺は無意識に、先ほどの男性を探していた。

すぐに見つかった。そちらにいたらイヤだな、と思った方角にいたから。

そいつは、会場に溶け込むように、付き添う人間の姿が見当たらない使用中の試着室に近づいていた。あろうことか、それは藤堂が着替えている試着室のほうだった。

いやいや、偶然だろう。試着室に近づくぐらい、なんだというのだ。

だが、今、藤堂を守る者はいない。自然、戻る足も、速くなる。

盗撮――そんな単語が頭の中を駆けめぐる。

そういえば、男は、品定めをするというより、周囲をうかがっていた。集団の中に発生する、エアポケットのような空間を求めているように見えた。

あの男、藤堂の試着室に近づいてないか？　そこだけ、ぽっかりと人がいない。スマホを手に持っている気もする。手の動きがおかしく見えた。が、すぐに隠れて見えなくなる。

盗撮なんて、現実で起こることなのか？　見たこともない。いや、見てたら、捕まえないとだろ。呼吸は荒く、思考はパニックになってきた。

「考えすぎだろ……そんなこと、起こるわけないって……」

自分に言い聞かせるような言葉を口にしつつも、どうしたことだろうか、頭の中には、藤堂の笑顔が浮かぶ。言葉が聞こえる。「守ってね」。冗談みたいなセリフ。でも俺は本気のようだった。だから勝手に決めつけた。身勝手にも、こう信じた――あの男は怪しい。なにかやるぞ。

息を殺し、男に近づいていく。あるいは、藤堂のもとへ戻っていくと表現してもいい。

男は、周囲をきょろきょろと見ているが、俺には気がついていない。ゲームの経験が活《い》きたのかは不明だが、背後を取ることに成功した。

無駄に緊張していた。雑踏や店内放送が、遠く聞こえ始めたころ――その男は、唐突に、スマホを持った手を差し出した。それは、藤堂が着替えている試着室にかけられた、カーテンの隙間《すきま》に向けて伸ばされているようだった。

盗撮だ。間違いない――確信は、行動を生み出した。

その瞬間の気持ちを言語化しようとしても、うまくいかなかった。ただ、体中がぞわっとし、心臓がバクバクとして、体が熱くなった。どうしようもない正義感と、信じられないほどの怒りが生まれ、俺の体は自然と動き、言葉が勝手に口を衝《つ》いて出ていた。

「それはダメだろうがあああああっ！」

厳格だった祖父が叱《しか》るときみたいに、やけに一方的な声をあげながら、俺は男の背に飛びついた。そのまま首にしがみつく。カラン、と男のスマホが落ちる音。互いに体格は似ていたが、体重は俺のほうが軽いようだった。

「ぐおっ⁉」と男がへんな声をあげながら、すぐに体を振り回して、逃げようとした。やはり、いけないことをしている人間は判断が早い。

男は右に回転する。俺はそのまましがみつく。立ち位置が一八〇度変わり、俺が藤堂の試着室に背を向ける形になる。

周囲の人間は、小さく叫んだり、なにかを言ったりしているようだが、手助けをしてくれるような気配はなかった。

本来なら目立つことはしないが、今ばかりは、俺も叫ぶことができた。

「盗撮！　こいつ！　盗撮しようとした！　捕まえてくれ！　一緒に！」

　こっちも必死であるが、犯人も必死だった。

「嘘だ！　こいつ、頭おかしいぞ！　いきなり襲われた！　助けてくれ！」

　苦し紛《まぎ》れの嘘でしかないが、それを知っているのは俺だけだった。周囲は、なにがなんだかわかっていないだろうし、なんなら俺を疑っている人間も多いだろう。

「いい加減にしろ！」と俺。

「離れろっ」と男。

　突如《とつじょ》、みぞおちに、相手の肘打《ひじう》ちが入り、ぐっと息がつまる。まずい。腕の力を緩《ゆる》めてしまった。体勢を整えようとしたが耐えられず、男から手を放し、背後へと倒れ込んだ。

「ぐうっ」

　痛みはなかったが、背に大きな衝撃を受けた。頭を打たなかったのは、試着室のカーテンに背中を預けるように倒れたせいで、受け身のような姿勢をとれたからだ。

　だが、まずい。このまま逃がしてしまったら、俺の立場も危うい――俺は不完全な仰向《あおむ》けのまま、視線を前へ向ける。

　カーテンは破れずにかかっていたが、その隙間から、逃げようとする男が見えた。奴も転んでおり、立ち上がるところだった。

　チャンスだ。俺の体は半分ほど、試着室から出ている。とっさに、足をめちゃくちゃに振り回した。するとどうだろう。男がそれにひっかかり、顔から転んだ。大きな音がする。水着をなぎ倒したらしい。

「きゃーーーっ」という、不特定多数の声が、売り場に響いた。

騒ぎは決定的なものとなる。次いで、警備員らしき男性が数名、見えた。逃げようとする男に、おおいかぶさったようだ。

「俺じゃねえええ」と男は叫んでいたが、その声も次第に遠ざかっていった。

周囲のざわめきが落ち着く。どうやら無事に確保されたらしい。

「ああ……よかった……」

全身から力が抜けていくようだった。俺は、目を瞑り、大の字になった。

まさかこんなことに巻き込まれるとは思わなかった。人生とは不思議なものである。藤堂と出会ってからこんなことばかりだ。最初はこれも俺の運命のせいかと思ったが、今日ばかりは藤堂の水着のせいでも——あれ……？　そういえば、藤堂は……？

そこで気がつく。

俺が上半身を突っ込んでいるのはどこだ？　試着室だ。

誰が入っている試着室だっけ——考えたくもなかった。

先ほどまで、犯人のほうばかり見ていた俺は、頭上を確認するように、ゆっくりと目を開いた。

それはまるで、大きな山を仰ぎ見るような構図だった。だが、そこに山はない。居たのは、真っ赤な顔で胸元を押さえ、背中で結ばれるはずだった紐を、だらしなく腰あたりで揺らして

いる藤堂真白だけだった。

三角ビキニがずり落ちそうになっているが、必死に両手で胸を押さえている。しかし、横のフォローはできておらず、白い肌がはみ出ている。下は着用していたが、俺の顔の位置は、藤堂の股の真下だった。視界を防ぐように、必死に内股を閉じている。

こういう時、俺はどんな言葉をかければいいんだろうか。そんなこと、絶対にわかるわけがなかった。

口元をひくつかせながら、藤堂は言う。

「く、黒木くん……？　なに、してるの、かなぁ？」

「い、いや、盗撮犯が……」

耳まで赤くした藤堂は、頰をぴくぴくとさせながらも、せいいっぱい笑おうとしているようだったが、成功しているとは言い難《がた》かった。

「見せてあげるとは言ったけど、入ってきていいなんて、言ってないけど……？」

「だ、だから盗撮犯が……」

いたとしても、試着室に頭を突っ込んでいる理由を端的に説明する技量はない。

俺は、すべてを諦めた。

いまだに騒がしい外とは違い、まるで氷河期が訪れたみたいな試着室の中で、一言、伝えるだけが精一杯だった。

「誤解なのです……」

藤堂は、すうっと息を吸い込み、吐き出した。

「早く！　でて！　いきなさいっ！」

「はいっ！　すぐにっ！」

泣きっ面《つら》に蜂って本当なんだな。

自分でもどう動いたかわからないほどの速度で、外へ出た俺は、目の前に現れた成人男性――駆けつけた警備員の一言に、さらに戦慄することとなった。

「これまでの事情を、お伺《うかが》いしたいのですが。お時間よろしいですかね？」

もうどうでもいいです……いっそ楽にしてください……。


その後、俺は二時間ほど拘束されたのだった。

＊

警備員やら、責任者やら、警察官やらに、何度も同じことを説明した末に、ようやく解放され、いまいち理由のわかっていなかった藤堂と合流した頃には、時刻はすでに一三時を回っていた。

現在、通路に設置された長椅子に、二人並んで座っている。疲れすぎて、俺が所望《しょもう》したのだ。少し座らせてくれ、と。もう体力ないです、と。

その流れで、一連の事の顛末《てんまつ》を報告した。藤堂は黒いマスクの向こう側で、当初こそ、ぷんぷんと怒って話を聞いていたが、次第に目を丸くし、最後は腹を抱えんばかりに笑った。

「あははは、ほんと面白いっ――盗撮犯を捕まえるとか、なかなかできないよ、黒木くんっ」

なにが嬉しいのか、憔悴《しょうすい》している俺の背中をバシバシと叩いてくる。まなじりに涙が浮かんでいた。

「勘弁してくれ……最初、俺も疑われたんだぞ……」

任意とはいえ、スマホの中身まで調べられた。大人の笑顔が怖かった。もちろん俺の疑いはすぐに解かれ、どちらかというと、感謝さえ述べられた。もしかしたら表彰されるかもとのことだったが、あらかじめ辞退しておいた。今日限りで、忘れたい。

「いやあ、黒木くん、面白い人だと思ってたけど、ここまでとはねえ。こんな体験、初めて」

「俺だって経験ないわ」

でも、と藤堂は続けた。

「……ありがとね」

「なにが?」

「なにが、じゃないでしょ。だって、わたしが盗撮されなかったの、黒木くんのおかげだよ？本当に守ってくれるなんて思わなかったな。冗談だったのに」

「俺だって同じ感想だ……」

でも、言われてみれば、本当に危なかったのではないか。

詳しくは聞けなかったが、盗撮犯がすぐに観念することとなったのは、スマホの中に膨大《ぼうだい》な盗撮データが保管されていたからのようだ。趣味、というより、それをインターネット上で売りさばいているような言い方だった。

積極的に流出させている分、質《たち》が悪いし、藤堂が巻き込まれていたら……それこそ、盗撮されているのが藤堂真白だとバレてしまったら、一大事だ。

藤堂も、それには気がついていたようだ。

「ほんと、週刊誌に載《の》っちゃうくらいの大事件になるところだったよ。それもおじさんが読むみたいな、ちょっとエッチなやつ。ほんと、ヤダよね、男って」

何かを思い出したようで、藤堂は口をとがらせた。

安心させるように、断言した。

「さっきも言ったけど、藤堂の盗撮は未遂《みすい》だったよ。店内の天井と俺たちの争う場面以外、なにも写ってなかったらしいから、安心してくれ」

皮肉にも、盗撮しようとした映像が、俺の身の潔白と、男の犯行を証明したらしい。

藤堂は、きらきらと輝く青い瞳で、俺を捉えたあと、わざわざ口元の黒いマスクを指でつまんでずらし、口元を出してから、微笑んだ。

「うん。心から黒木くんを信じてるから、藤堂真白は安心することにします。撮られてないし、流出もしない」

「――っ」

なんてことのない所作《しょさ》とセリフ。なのに、藤堂の水着がどうとか、谷間がどうとか、そういったこと以上に、恥ずかしくなる。

俺はそっぽを向いてしまった。耐えられずに、話題を変えた。

「……でも、水着、買えなかったな。どうするんだ、また行くか？」

でも、なんだか気後《きおく》れするなあ――と考えていたら、藤堂は「え？」と声をあげた。

「水着は買ったけど」

「あの騒ぎでっ⁉」

「黒と白と青の三つね」

「三種類も⁉」

「だって、黒木くんの助言、色しか聞けなかったし」

「そうだけどさ……」

その精神力を、少しでもいいから分けてもらいたいものだ。

「黒木くんのおかげで未遂《みすい》だったから、わたしは事情とか聞かれなかったし。時間もあったから、水着買うしかないでしょ」

「そっすか……」

器《うつわ》の大きさの違いをまざまざと見せつけられたようだった。藤堂真白、おそるべし。やはりこれぐらいでないと、芸能界は生き延びられないのだろう。

深く考えずに聞いてしまった。

「形はどんなの買ったんだ」

言ってから、後悔した。

「え？　見たいの？　残念だなー。黒木くんが、覗き見してきたときのじゃないよ？　でも、結構、いいの買えたよ？　また、覗いちゃう？」

「そもそも覗いてませんっ」

人聞きが悪すぎる！

「ごめん、ごめん。恩人に対して、失礼だったね」

「ほんとだよ……」

俺がため息をつくと、藤堂はマスクをつけたまま、すっと俺の耳元に近づいた。

「じゃ、覗かないで、直接、見る？」

「え⁉」

なにを⁉

「あははっ、焦りすぎ」

藤堂の表情は隠れていたが、出ている目の形は半月《はんげつ》だった。さっきから、ずいぶんと愉快そうだ。

「人の気持ちも知らないで……」

小言を口にしつつも、俺の頭の中には、試着室のシーンが再上映されていた。大半が肌色の上半身。必死に隠される下半身。藤堂のタイトなワンピースの下が、透けて見えてくるようで、俺は小さく首を横に振った。これは、よくない。

「ふふっ。ま、じゃあ、お披露目《ひろめ》は、海をお楽しみにってことでね」

藤堂は唐突に俺の肩に手を置き、ふたたび、耳にマスクが当たるほどに口を寄せて、ささやいた。

「今日のお礼に、一番に見せてあげるからね」

「ひっ――」

心をベロでざらりと舐《な》められたみたいに、背筋がぞくぞくとした。

ゆっくりと藤堂を見た。まるでいたずらをしかけた子供みたいな表情だ。何度だって、俺は
からかわれている。そして何度だって、過剰に反応してしまう。そりゃ、おもちゃにされるわ
けだ……。

しかし、怒る気にはなれなかった。

間近に見る、藤堂真白の青い瞳に魅了されていたからだ。

それは透き通った海のようであり、高く澄んだ空のようであり、絵本の中の宝石のようだっ
た。見ているだけで、心が洗われた。俺だけが見ている、魔法の瞳――。

藤堂は立ち上がると、俺へと向き直り、手を差し出してきた。

「だから、黒木くん。当日に、『おなか痛いから行かない』とか言って、ドタキャンしようと
はせずにさ？　勇気を出して、一緒に海へ行こうよ。ね？　トモダチ、こわくないよ？」

「……そこまでヒドイことは考えてないっての。海は行く気満々だったよ。水着だって買った

んだから」

「あ、そう？　ならよかった」

心底嬉しそうな藤堂を見て、思う。なんで俺なんかが海に行くことが、嬉しいんだよ。

でも、気がついたんだ。たしかに俺も、小さいころ、仲のいい友達と出かけるってだけで、めちゃくちゃ嬉しかった。気が合う相手なら、どこへ行こうが、特別なイベントになる予感がした。

つまり、藤堂にとって、俺はそういう存在になれている——のだろう。たぶん。

ゲームをしているだけだけど。それでも、それこそが、特別な関係を維持するための大切な何かになっている。

昔から大好きだったゲームが繋いでくれた縁を、俺だってもちろん、嬉しく思っている。一度は辞《や》めようとしたけれど、それでもゲームを遊び続けていて、よかったなとさえ感じている。

藤堂は、そこで表情を一変させた。差し出していた手をニギニギとして、何かをせがむように言った。

「では、黒木くん。さっき言ってた『お礼にもらった大量の食事券』で、普段は食べられないような美味《おい》しいもの、一緒に食べよ？」

「俺が頑張ったから、もらえたんだぞ」

駅ビルの責任者から、感謝と謝罪の意を込めて、ビル内で使える食事券を大量にもらっていたのだった。「彼女と使ってね」と言われたことは黙っておこう。彼女ではないし。

「でも、わたしの可愛さがあってこその事件だったんだから、二人の頑張りでしょ？」

「おっしゃるとおりで」

もちろん、独り占めする気なんかなかった。俺は、ポケットへ雑に突っ込んでいた食事券の束を取り出すと、藤堂へ手渡した。

「え、こんなにもらったの？　やば。なんか、ゲームをクリアした報酬みたいだね」

言いたいことはわかるが……。

「そういうこと言うなよ。次も同じように、助けられるかわからないんだぞ？　頑張っても、無理なものは無理なんだから」

藤堂は、おや、という顔をする。

「次も、助けてくれるの？　たとえば、海でナンパされたりしたら、黒木くんが助けてくれるの？　どうやって？　ねえ、どうやって？　俺の彼女なんで、とか言うわけ？」

っく。こいつ、また、からかってきた。心にもないことを。

「そんな態度だと、食事券やらないぞ。ほら、さっさと行くからなっ」

「ああっ、ちょっと、黒木くん、待ってよー、質問答えてくれてもいいじゃーん」

「答えません」

「おや、顔真っ赤なんですけど」

「……藤堂ほどじゃないぞ」

「は？　赤くないしっ！　赤くないもんっ！」

朝までの緊張感はどこへやら。

俺たちは、まるで小学生みたいに、無秩序に騒がしく話しながら、上階に続くエスカレーターに乗った。

ふと、今日の目的を思い出す。

俺はレベルアップができたんだろうか。できたのなら、どれくらい上がったのだろうか。

答えはなく、レベルアップの音も聞こえない。

聞こえるのは、ただ一つ――。

「ねえねえ、黒木く－ん？　次も助けてくれるの－？　おしえてよ－？」

背中をつんつんとしてくる、藤堂の甘ったれた声だけだ。

「助けるよ、助ける」

「え、ほんとっ？　やったね－！　たのしみ」

「なにがだよ……」

こういう会話ができるようになっただけ、成長はしているのだろう。

高層階。窓の向こうに広がるのは、青い空。遠くに積乱雲が浮かんでいる。雲の下にはどんな世界が広がっているのだろうか。

藤堂や学友と海に行けば、ビルの上から見るよりも、もっと綺麗な景色が見えるのだろうか。

わからない。けれど、そこには、先ほど購入した水着を着た藤堂がいて、同じく買ったばかりの水着を着た俺がいるのだろう。周囲に溶け込めない俺のことを、藤堂は面白おかしく、からかってくるに違いない。

まあ、それでもいいさ。なんだかんだ言って、そういうのも悪くないと、俺は思っている。

エスカレーターを降りる間際《まぎわ》、藤堂が俺にだけ聞こえるように、伝えてきた。

「今日は本当にありがとね。ゲームの中でも、外でも、守ってくれて。本当に感謝してるんだから」

毎回のことだが、どう答えればいいのか、わからなかった。

だから、俺は藤堂に「なにを食べたいんだ？」と尋ねる。

藤堂も、何事もなかったように「うーん？　お肉かな」と神妙に提案してくる。

結果、高校生には贅沢《ぜいたく》すぎる焼肉店に入った。もらった食事券を使いきるほどに肉を食べていた藤堂だったが、実に幸せそうだったので、良しとする。普段なら、絶対に数回に分けて、使用するけど。

せっかくの夏休みだ。

少しぐらい、普段と違うことをしたっていいだろう。

「夏休み、楽しみだねっ！」と、藤堂真白も言っていることだし。

あとがき

はじめまして。あるいは、お待たせしました。作者の斎藤《さいとう》ニコ（天道源《てんどうげん》）です。『俺とアイツは友達じゃない。』は、いかがでしたか？　本作はＷＥＢ連載作品であり、第四回集英社ＷＥＢ小説大賞（奨励賞）受賞作でもあります。ＷＥＢ版をそのまま流用することもできましたが、様々な点を考慮し、完全書き下ろし作品として発刊することになりました。少々、お時間をいただきましたが、ＷＥＢ連載時よりもラブコメ感を増やし、高校生らしい苦悩やイベントも詰め込みました。初めてお読みになる方はもちろんのこと、連載時に応援してくださった読者の方々でも、新たな気持ちで楽しめるような内容になっております。

さて、話は変わりますが、私はあとがきというものが大好きで、本文よりもあとがきを先に読むタイプです。だから、ライトノベル作家になることを夢見ていた時期には『本を出すことになったら、あとがきになにを書こうかな……』と、熱心に妄想していました。しかし、作家になることは簡単ではありません。ラノベ作家を目指し始めてから、十年以上が経過し、ようやく小説賞を受賞し、「私はライトノベル作家です」と名乗れるようになったころ――私の『あとがき脳』は、おかしくなっていました。妄想あとがきの過剰摂取により、「私はこれまでに何百回もあとがきを書いてきました」などという恐ろしい妄想に囚《とら》われていたのです。同時に「もうあとがき書けないよ！　ネタがないよ！」とまで考えました。一冊も出していないのに。

それはデビュー作のあとがきを書く際に、キーボードを打つ手が止まってしまうほどに危険な状態でした。あんなにたくさん書いてきたあとがきなのに（書いてません）、いつだって流れるように書いていたあとがきなのに（書いてません）。私は、あろうことか、あの『あとがき燃え尽き症候群』に陥《おちい》っていたのです（そんなものはありません）。

現在、デビューから七年程が経過しましたが、今も完治はしていません。あとがきを書けないことをあとがきに書いている始末です。今も一文字一文字、言葉をひねり出して書いています。なのに、誤字がたくさん見つかるのは不思議ですが、悲しいことに、それは違う症状です。

最近、よく夢を見ます。怖い夢です。それは、この本が大ヒットしてしまい、ダッシュエックス文庫の私の担当編集である（やさしい）後藤《ごとう》さんが『続刊百巻決定しました！』とメールをくださる夢です。

怖い。あとがきを百個も書かなければならないなんて怖すぎます。ですから、もし、私を困らせたい方がおられましたら、大ヒットするように願っていてください。あとがきが怖いので、私は恐怖します。もちろん、本作を応援されたい方は、大ヒットするように願っていてください。これで全読者が大ヒットを願うことになりました。すごいですね。

なお、『あとがき怖い』などと、うそぶいていますが、実は『あとがきを書かない』という選択もできます。あとがきを書く書かないは、作者の自由らしいです。つまり、そういうことです。それ以上は聞かないでください。作家を目指しておられる読者の方は、私のようなあとがきを書かないような、立派な作家になってください。

最後になりますが、紙面をお借りして謝辞を述べさせてください。本作に奨励賞をくださったダッシュエックス文庫様。受賞から発刊まで丁寧《ていねい》に支えてくださった（やさしい）編集の後藤様。オンラインゲームで一緒に遊び、発想を与えてくれるフレンドたち。紙・電子共に、発刊作業等に関わってくださった方々。そしてなにより、WEB版を含めて、いつまでも本作を応援してくださった読者の皆様——すべての方に、心からお礼を申し上げます。

頭の中から取り出してきた文章に、創作物としての価値を持たせることは、作者一人の力だけでは実現しません。『おれとアイツは友達じゃない。』という作品を見つけていただき、かすかな輝きを見出《みいだ》していただき、新しい道を作っていただくことで、ようやく新たな世界へ飛び出していくことができます。その機会をいただけたことを嬉しく思います。

繰り返しますが、すべて一人で実現できることではありませんので、日々、皆さんに感謝しながら執筆をしています。大言壮語にならぬよう気を付けてはいますが、それでも本作が皆様に支えられながら成長し、あと数回ぐらいは『あとがきで何を書けばいいのか』と悩めましたら、それ以上の幸せはないものと考えます。

あ、そうか！　あとがきって、こういう話を書けばいいんだった！　と思い出したところで、紙面が尽きてしまいましたので、今回のあとがきは、ここまでとさせていただきます。
最後になりますが、本作を手に取っていただき、誠にありがとうございます。叶うことならば、次回もお会いしましょう。

二〇二五年三月　斎藤ニコ（天道源）

この作品の感想をお寄せください。

あて先　〒101-8050　東京都千代田区一ツ橋2-5-10
集英社　ダッシュエックス文庫編集部　気付
斎藤ニコ先生　みすみ先生

ダッシュエックス文庫

俺とアイツは友達じゃない。

斎藤ニコ

2025年4月30日　第1刷発行

★定価はカバーに表示してあります

発行者　瓶子吉久
発行所　株式会社　集英社
〒101−8050　東京都千代田区一ツ橋2−5−10
03(3230)6229(編集)
03(3230)6393(販売／書店専用) 03(3230)6080(読者係)
印刷所　株式会社美松堂／中央精版印刷株式会社
編集協力　後藤陶子

ISBN978-4-08-631599-9 C0193